KB059848

**환타지 없는
여행**

일러두기

이 책에 등장하는 외국의 인명, 지명 등 고유명사는 국립국어원의 외래어 표기법을 따랐다. 그러나 광둥어를 사용하는 홍콩과 마카오, 힌디어 이외의 다양한 언어를 사용하는 인도의 여러 지역, 일본어와 다른 고유의 언어를 사용하는 오키나와 등에 한해서는 현지 발음에 가깝게 옮겨 적기도 했다. 단 독자의 이해를 돕기 위해 인명, 지명 등의 고유명사가 처음 등장하는 자리에 원어 또는 영어 표기를 병기했다.

028

# 환타지 없는
# 여행

환타 전명윤 여행 에세이

사이계절

알고 보니 나는 이미 환타의 팬이었다. 그가 쓴 『거의 모든 재난에서 살아남는 법』은 물론이고 인도를 비롯한 동아시아의 이야기를 시사주간지에서 읽었다. 그 필자가 환타인 줄은 몰랐다. 꽤나 점잖은 본명과 장난기 가득한 필명 사이에 연결점이 없었다. 물론 환타가 '환상 타파'의 준말이라는 것도 알지 못했다. 주류인 콜라 아래 비주류인 환타라는 뜻이겠지, 하고 짐작한 게 고작이다. 이제 알게 된 환타는 주류 밖의 사람이다. 그가 쓴 가이드북도 폼 나게 미국이나 도쿄, 로마가 아니라 인도와 오키나와, 상하이를 다루지 않는가.

추천사를 쓰기 위해 원고를 받아 읽으며, 동시에 페이스북으로 그가 홍콩 시위 현장에서 보내는 소식을 구독했다. 그는 든든한 헬멧을 하나 샀다고 했다. 그 와중에도 '맞는 사이즈가 없다'고 투덜거리는 농담을 잊지 않았다. 하지만 보내오는 뉴스는 농담기 없는 정색이었다. 그의 홍콩 뉴스는 딤섬 가격과 버스 요금 인상 같은 여행자가 관심 있을 내용과는 상관없어 보였다. 가이드북 저자가 왜 카메라를 메고 시위 현장에 있을까. 말하자면 그런 이해하기 어려운 저간의 사정과 해명이 이 책에 실려 있다. 다 얘기하면 재미없으니 요점만 말하면, 그는 어쩔 수 없이 츤데레인 사내였던 것이다. 안 해도 될일을 사서 하는, 그래서 고생도 사서 하는, 진짜 가이드북의 저자가 될 수밖에 없는.

그의 가이드북은 일찍이 장안의 화제였는데, 불편하게 여행지의 속살을 자꾸 후볐기 때문이다. 맛집과 출사 포인트, 점으로 연결되는 코스만 팍팍 찍어주기 싫었던 까닭이다. 가서 사람도 좀 보고, 그 나라가 왜 그러고 사는지 알아야 여행답지 않겠느냐는 신념 때문이었을 것이다. 관광과 여행의 어느 중간쯤에 해당하는 지점이 그가 가이드북을 쓰는 목표였는지도 모르겠다. 놀더라도 좀 알고 놉시다. 그가 팬을 거느린 최초의 가이드북 작가가 된 것도 아마 그 때문일 터.

전명윤, 아니 환타는 가이드북에서 다 쓸 수 없었던 여러 여행지의 깊은 사정을 담담한 어조로 그리고 있다. 인도와 오키나와 홍콩에 대하여. 원고를 다 읽고 다시 보니 가이드북이며 여행작가에 대해 내가 알던 것은 죄다 환상이었다. 그가 왜 사람들의 환상을 깨서 원성을 듣는지 감이 온다. 어쩌면 그건 그의 숙명 같은 의무감일 테다. 사실 여행하는 데에는 복잡한 고려가 필요하지 않을 수 있다. 모르면 속 편하다. 비행기 티켓을 끊고 맛있는 걸 먹고 관광객을 위해 '세팅'된 풍경을 즐기다 오는 게 간결한 선택 아닌가. 하나 알고는 입을 닫을 수 없는. 그래서 그는 환상 타파, 아니 환타다. 말하자면 톡톡 쏘는데 나중에 눈물 나는 그런 글을 이 책에 썼다. 다 읽으면 환타 1리터쯤 원샷한 기분이다. 시원하게 뻥 뚫리는데 왜 속에서 눈물이 나지?

박찬일 주방장

## 들어가며

여행작가로 산 지 올해로 16년째다. 그저 떠돌기를 좋아해 이곳저곳을 헤매다 할 줄 아는 도둑질을 직업으로 삼아 지금까지 버티고 있는데, 잘하고 있는지는 아직도 모르겠다.

일찍이 대우그룹 김우중 회장이 세계는 넓고 할 일은 많다는 책을 썼는데, 그 책이 나올 때만 해도 내가 떠도는 삶을 살 거란 생각은 한 번도 못 했었다. 그런 내가 환상을 깬다는 뜻의 '환타'라는 이름을 짓고 대한민국의 133배나 되는 거대한 지역(인도와 중국을 비롯한 아시아의 곳곳)을 일터로, 세계 인구의 3분의 1에 달하는 사람이 사는 동네에 대해 아는 체하며 살고 있다. 정말로 세계는 넓고 할 일은 많았다.

나는 지금 홍콩에서 이 글을 쓰고 있다. 2019년 7월 1일, 내 앞에는 홍콩 입법원을 점거한 시위대가 큰 소리로 구호를 외치고 있고 뒤에는 지금 막 진압 준비를 마친 경찰이 열을 맞취 서 있다. 옆으로 눈을 돌리면 홍콩섬에서 가장 높은 IFC Two 빌딩이 시야에 들어온다. 취재를 위해 수십 번도 더 걸었던 거리의 풍경이 오늘은 꽤 낯설다. 범죄인 송환법 문제로 시작된 홍콩의 시위는 지금 이 순간 최고점에 도달했다. 여행작가라는 직업은 내가 오늘 이곳에서 일어나는 일들을 바로 이 자리에서 지켜보도록 이끌었다.

여행작가가 지역의 문제에 왜 그렇게 관심이 많으냐는 질문을 받곤 한다. 그때마다 나는 잘 만든 여행책은 그 지역의 시대와 현실을 여행이라는 주제로 기록한 지역서이자 민속지라고 믿기 때문이라고 대답한다. 누군가에겐 맛집을 찾기 위해 뒤적이는 정보 조각의 모음일 수도 있겠지만, 나는 여기에 현대를 함께 살아가는 사람들의 삶과 고민을 담아내고 싶다.

이 책은 내가 여행자로서, 그리고 여행작가라는 옷을 입고 경험한 아시아 여러 지역의 이야기이다. 또한 이 책은 여행작가라는 직업 때문에 생긴 에피소드들의 모음인 동시에 내가 다녀온 많은 나라와 도시, 작은 동네, 그리고 그곳에 사는 사람들에게 보내는 내 방식의 애정 표현이다.

이 책은 정통 시사주간지 『시사인』에 2017년부터 연재한 「소소한 아시아」 코너에서 시작되었다. 한 쪽짜리 지면에 미처 못 쓴 내용을 모두 털어놓았고, 지면에 싣지 않은 완전히 새로운 이야기를 쓰기도 했다. 이제 여행을 준비하는 누군가가 잠시 시간을 내어 이 책을 펼쳐주기를 바랄 뿐이다.

지금까지 여행을 주제로 수 권의 가이드북과 한 권의 에세이, 그리고 한 권의 응급 상황 매뉴얼 북을 썼다. 이 책은 두 번째 에세이가 되는 셈인데, 내가 하는 일들이 세상에서 가장 쓸데없는 일만은 아니길 바란다.

　『시사인』의 담당 사수 이오성 기자, 추천사를 써준 박찬일 주방장, 그리고 사서 고생한 이창연 편집자에게 감사드린다.

2019년 7월 홍콩에서

전명윤

# 차례

## 3장. 여행자의 인사법

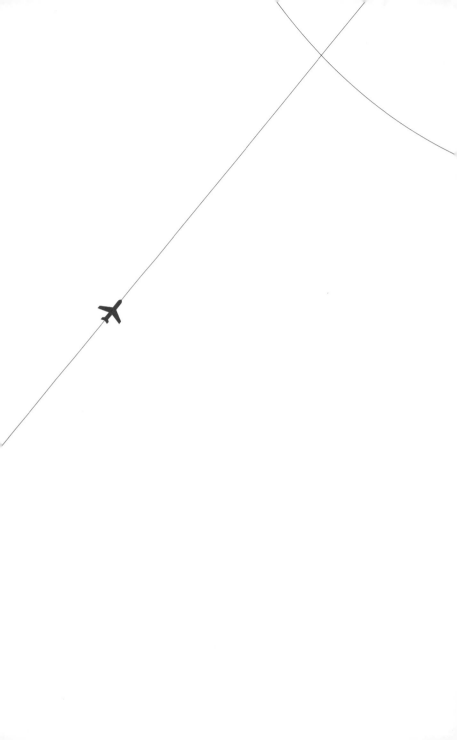

# 1장

천상천하 환타독존

#01

**여행은 기쁨만을 재배하는 비닐하우스가 아니다**

## 현자의 눈물

그 선배가 우는 모습은 처음 봤다. 그는 내 또래의 여행자에게
현자 같은 이다. 공무원 생활을 하다 한민족의 문화 이동 경로
가 궁금해졌다며 모든 걸 훌훌 털고 십수 년째 길을 떠도는 사
람이었다. 길을 나선 이유도 특이했지만, 틈틈이 집으로 돌아
오는 보통의 여행자와는 달리 아예 한국에는 얼씬도 하지 않
아서 모두를 놀라게 했다. 20대 후반의 나는 30대 후반의 그
를 언제나 우러러봤다. 그는 걱정만 남아 있는 후배들의 토로
를 말없이 들어줬고, 누군가가 어려운 일을 겪으면 단돈 50달
러라도 슬그머니 주곤 했다.

내가 서른을 넘고 그가 마흔 고개를 넘던 어느 날, 그와
나는 인도 뉴델리New Delhi의 파하르간즈Paharganj에서 술잔을
나누었다. 나는 첫 책을 출간한 뒤 기분이 공중에 붕 떠 있었
고, 선배는 그런 나를 축하해주었다. 뉴델리의 수입 식재 상가

여행은 기쁨만을 채워하는 비닐봉우스가 아니다

에서 어렵게 숙주나물을 구해와 전기 쿠커로 요리를 하고 있는데 갑자기 그가 속마음을 털어놓았다.

"환타야, 계속 이렇게 살아도 되는지 두렵다."

이렇게 살아도 아무 문제가 없다는 사실을 증명하던 사람의 입에서 이런 말이 나오다니, 나는 화들짝 놀랐다.

"두려워요? 뭐가? 선배가 그러면 나는 어쩌라고?"

그때나 지금이나 철없긴 마찬가지인 나는 그의 토로에 도리어 투정을 부렸다. 날이 밝도록 독한 위스키를 들이부어도 다음 날이면 다시 골목 여기저기를 기웃거리고, 길에서 사람과 만나고 헤어지기를 반복하던 그 시간이 영원할 거라고 생각했다. 하지만 선배는 그게 가능한지에 회의를 품고 있었다.

지금 생각해 보면 그건 나이 듦에 대한 두려움이었다.

### 일상으로 돌아올 때 비로소 여행이 시작된다

책을 쓰고 이름 뒤에 작가라는 어색한 호칭이 붙고 난 뒤, 내가 영원히 여행을 하며 살 것이라고 믿던 후배들은 예전에 내가 선배에게 그랬던 것처럼 "형처럼 살고 싶어요"라고 말하며 나에게서 확신을 구하려고 했다. 그 덕에 한때는 내가 정말 특별한 사람인 줄 알았다.

"다 때려치워. 별거 아니야. 귀국행 비행기표를 쭉 찢으면 그때부터 시작이야. 새 세상이 열리는 거라고."

타인의 인생을 책임질 수도 없고 그럴 생각도 전혀 없던 내 말에 사람들은 선선히 비행기표를 찢고 다니던 학교를 그만두었다. 그들은 여행에 머문 채 국경을 따라 이동했다. 그때 우리는 왜 그렇게 집으로 돌아가는 게 싫었을까? 내 말을 듣고 여행에 나선 20대 청년이 참 많았다. 나중에 나는 그들이 서른의 문턱을 넘어가며 어떻게든 세상에 적응하려고 발버둥치는 모습을 지켜봐야 했다. 그쯤에야 내가 특별하지 않음을, 그저 운 좋게 좁은 문을 통과해 여행이라는 세계에 안착했음을 깨달았다.

이 업계에는 '여행 구원론'이라는 미신이 있다.

힘들고 짜증나고 지치는 일상에서 벗어나세요.
우울하다고요? 떠나지 못해서 그런 거예요.
일단 떠나요. 그러면 모든 게 달라질 거예요!

이런 식의 이야기다. 곧이어 그 조언을 듣고 떠난 지 얼마 안 된 이들이 환한 얼굴로 웃으며 나타나 자신의 행복을 고백한다. '떠나면 행복해진다'라는 환상은 동서고금을 막론하고 일상에 지친 사람을 빨아들인다. 여기에 쿨하게 때려치우고 당장 떠나라고 말하던 과거의 내가 겹쳐 보일 때도 있다. 하지만 이제 나는 여행을 꿈꾸는 이들에게 이렇게 말한다.

"돌아와야 할 이유를 찾고, 돌아올 날짜를 정해야 여행입니다. 돌아올 길을 불태우고 떠나면 그때부터 국제 거지가 되는 거예요."

이 말을 듣고도 나처럼 살고 싶다고 우기면, 이런 이야기를 더 해준다.

"당신은 여행을 떠올리며 집과 차를 가진 풍요로운 일상에 자유로운 삶을 더할 수 있을 거라 믿고 있겠죠. 그런데 여행의 현실은 그렇지 않습니다. 내 친구들도 나를 부러워해요. 걔들은 이제 회사에서 부장 정도가 되었으며, 편안한 집과 큰 차를 가지고 있어요. 그러면서도 내가 가진 자유를 부러워하죠. 하지만 나는 자유로운 대신 집과 차가 없어요. 이렇게 대부분의 사람은 그저 자신에게 없는 걸 부러워하며 살아요."

나에게 조언을 구하는 이들은 내가 여행을 업으로 삼고 인도에서 오래 머물렀다는 이유로 인생에 대한 남다른 해법을 알려줄 것이라고 기대한다. 하지만 여행에 대한 나의 교과서적 대답은 그들을 실망시키기 일쑤다. 어쩌면 당신 역시 실망할지도 모르지만, 이것은 지금까지 내가 여행을 하면서 찾아낸 최선의 답이다. 여행하는 삶이란, 여행이 끝나면 일상으로 돌아오는 삶이다. 여행은 오직 이 전제 아래에서만 현실이 된다.

#02

어디나 환타가 필요한 곳이 있다

## 바야흐로 리뷰의 시대

리뷰의 시대다. 사람들은 어딜 가든, 뭘 먹든 후기를 쓴다. 신문이나 잡지에 글을 쓰는 소수의 리뷰어가 이끌던 시대에서 SNS를 통한 모두의 리뷰 시대로 바뀐 지 오래다. 소수의 리뷰어가 정보를 독점하던 시절에 사람들은 리뷰를 쓴 사람과 리뷰에 소개된 업체의 이해관계를 의심했다. 모두의 리뷰 시대로 접어들면 이런 우려가 사라질 것이라고 기대했지만, 업체의 홍보 방식은 조금 더 교묘해져서 유명한 블로거에게 공짜로 음식이나 제품을 제공하고 후기를 받는 형식으로 진화했다. 오히려 전보다 적은 돈으로 더 많은 리뷰를 살 수 있게 되었다.

얼핏 보기에는 꽤 보잘것없어 보이는, 그저 공짜를 얻는 정도의 권력이지만 그 권력의 영향은 생각보다 컸다. 이런 식의 불공정에는 늘 신조어가 따라붙기 마련인데, 사람들은 '바이럴 마케팅'이라고 부르기 시작했다. 그럴듯하게 들리고 중립적인 느낌을 주는 이름이 달리면 더 많은 이들이 망설임 없이 그 세계로 뛰어든다. 그렇게 모두의 리뷰 시대에 접어든 한국의 인터넷 커뮤니티와 SNS는 업체의 입김을 잔뜩 쥔 개인이 득세하는 세상으로 재편되었다.

여행 가이드북이라는 분야는 기본적으로 리뷰를 판매하는 일이다. 사람들은 가이드북의 제목이나 작가에 대한 신뢰를 바탕으로 책을 고르기도 하고, 때로는 서점에 가서 여러 권을 펼쳐 보고 본인이 원하는 정보가 가장 잘 정리된 책이나 편집이 가장 예쁜 책을 고르기도 한다.

이 과정을 통해 구입한 가이드북은 기본적으로 한 지역을 여행하는 데 필요한 모든 정보를 종합한 자료집에 가깝다. 거기에는 작가가 경험한 볼거리, 먹을거리, 숙소 등에 대한 평가가 뒤따른다. 따라서 독자가 서점에서 가이드북을 구입하는 행위는 그 책의 저자가 공정한 리뷰를 했을 것이라는 신뢰에 기반한 거래여야 한다.

## 한국인만 모르는 한식 맛집

강연을 하기 위해서 며칠간 명동을 오갈 일이 있었다. 그때 유독 설렁탕집 한 곳에만 외국인이 줄지어 선 광경을 목격했다. 그 집은 한국인의 기준에서는 그저 그런, 평범한 프랜차이즈 식당이었다. 특별한 맛에 이끌려서 찾는 집이 아니라 배는 고픈데 마땅한 식당을 찾을 수 없을 때 익숙한 이름을 보고 들어가는, 딱 그 정도의 집이었다.

　그런 식당이 어쩌다 외국인 여행자의 관광 명소가 되었을까? 나는 이유가 궁금해졌다. 식당 문 앞에 기다리다 지친 표정으로 서 있는 중국인 여행자에게 다가가서 물어봤다.

　"여기 유명한 집이야?"

　"보면 몰라? 이 줄을 봐. 여기는 서울의 설렁탕 맛집이라고!"

　"난 한국인인데 그런 줄 몰랐어. 너는 어떻게 이 가게를 알게 됐어?"

　"어쩐지 네가 하는 중국어 발음이 이상하더라. 여기는 웨이보에 소개됐고 이 책에도 나왔어. 한번 볼래? 중국어를 읽을 줄 아니?"

　"응, 조금. 잠깐 봐도 될까?"

　그에게 건네받은 중국어 가이드북에는 프랜차이즈 설렁탕집이 다음과 같이 소개되어 있었다.

　명동 중심에 위치한 한국식 우육탕 맛집. 진한 국물에 부드러운 고기를 고명으로 얹는다. 손님이 직접 파를 듬뿍 넣고 소금으로 간을 한 후, 국에 밥을 말아 먹는다. 김치도 맛있다. 아침에도 문을 연다.

　명동에서 관광객을 상대로 장사하는 가게는 이 프랜차이즈의 다른 식당과 맛이 다른가? 나는 호기심을 참지 못하고 가게 앞에 길게 늘어선 대기 줄에 합류했다. 한참 후에 식탁에서 맞이한 설렁탕은 딱 프랜차이즈의 맛이었다. 종업원 대부분이 중국인이며 중국어 메뉴판이 있다는 점이 차이라면 차이일까. 이 식당은 맛이 아니라 중국인 여행자가 편하게 이용할 수 있도록 서비스를 갖추었을 뿐이다.

그 순간 명동 일대의 풍경이 눈에 들어왔다. 명동 뒷골목에는 '일본 가이드북에 소개된 진짜 맛집', '중국 가이드북에 나온 서울에서 꼭 방문해야 하는 레스토랑'이라고 스스로를 소개하는 식당이 무수히 많다. 모두 우리가 진짜 한국의 맛집이라고 자칭하는데, 외국 가이드북에 여러 번 소개된 집일수록 한국인 손님은 거의 없다. 많은 음식점이 한식을 내걸고 한국인이 아니라 외국인을 상대한다. 한국인만 모르는 명동의 한식 맛집에서는 불고기와 곰탕에 짜장면, 회덮밥, 떡볶이를 함께 팔기도 한다. 명동이 아니라면 전 세계 어디에서도 보기 힘든 메뉴 구성이다.

'어지간한 인도 요리는 모두 포괄하는 백화점식 메뉴.' 내가 인도 가이드북에 한 식당을 소개하면서 쓴 문장이 떠올랐다. 나는 이 말을 쓰면서 그 식당이 수많은 메뉴를 동시에 파는 이유를 고민했던가? 자문해봤지만 그랬던 기억이 없다. 그렇다면 나 또한 한국인만 모르는 명동의 한식 맛집 사장과 다를 바 없었던 게 아닐까.

## 육회肉膾가 6회six times로 변하는 마법

유명한 관광지일수록 그 지역의 음식점은 현지인이 주로 가는 식당과 외국인이 주로 가는 식당으로 나뉜다. 한번 생각해 보자. 당신이 힘겹게 찾아간 외국 어느 도시의 오래된 노포나 맛집에 그 나라, 그 도시의 주민이 많았는지 말이다. 또한 한식의 맛이라면 한국인이 더 잘 알고, 맛있는 한식당이라면 그 맛을 찾아온 한국인이 더 많아야 할 텐데, 왜 명동의 식당에는 외국인만 바글바글했던 것일까?

요즘은 여행을 가기 전에 그 나라의 문자를 공부하고 그곳 사람들과 대화하기 위해 언어를 익히는 여행자를 찾기 어렵다. 과거에 해외로 나가던 이들에게 여행은 일종의 탐험이자 낯선 곳에서 낯선 사람과 문화를 경험하고 그로부터 뭔가를 배우는 일이었다. 반면에 해외여행이 대중화된 지금은 그저 비행기를 타고 더 먼 곳으로 가는, 휴가의 연장일 뿐이다.

이런 상황에서 외국 손님을 맞이할 준비(외국인 여행자를 위해 영어로 된 메뉴판을 준비하고 외국어로 손님을 응대할 종업원을 고용하는 일 등)가 되어 있지 않은 식당에서는 여행자가 현지 음식을 즐기기 힘들다. 주인 입장에서는 내국인 단골손님을 받는 것만으로도 바쁜데 의사소통이 안 되는 외국인 손님을 받아서 번거로워지는 게 달갑지 않다.

여기에서 한 가지 가정을 해 보자. 장사가 잘되는 진짜 한국인의 한식 맛집 옆에 비리비리한 한식당이 있다. 옆집은 손님이 미어터지는데 이 집은 파리만 날린다. 가게를 살릴 궁리를 하던 어느 날, 주인의 머릿속에 이런 생각이 번뜩 떠올랐다. '어리바리한 외국인을 상대로 음식을 팔아 볼까?'

그는 구글 번역기의 힘을 빌려 영어, 중국어, 일본어 메뉴

어디나 환타가 필요한 곳이 있다

판을 추가했다. '육회肉膾'가 '6회six times'로 변하는 기적이 벌어졌지만, 외국인 여행자에게는 이거라도 있는 게 훨씬 낫다. 음식 솜씨는 형편없지만 세상 돌아가는 꼴은 볼 줄 아는 사장은 중국어를 할 줄 아는 종업원을 밖으로 내보내 "메이웨이 더 뉴 러우탕뎬(맛있는 우육탕집)"이라고 외치게 했다.

　얼마 후 가게에 첫 손님이 들어왔다. 그는 중국인이었다. 오랜만에 찾아온 손님에 한껏 고무된 사장은 정성껏 응대했다. 서비스도 팍팍 내어주었다. 요즘은 손님이 알아서 홍보를 해주는 시절이 아닌가. 말이 안 통하는 서울 여행에 지쳤던 중국인은 처음으로 받은 환대에 감격했다. 그는 스마트폰으로 음식 사진을 찍어 개인 SNS에 올렸다.

　"명동에서 찾은 영혼의 음식. 친절은 기본. 진한 국물은 일품. 영어와 중국어 메뉴판까지 있음. 감동 또 감동!"

　한국인만 모르는 한식 맛집의 전설은 이렇게 시작되었다. 당신이 누군가가 블로그에 올린 게시물을 보고 찾아간 외국의 맛집에서 느낀 실망과 배신감도 이와 거의 비슷한 이야기에서 비롯되었을 것이다.

## 맛집과 가이드북의 불편한 커넥션

몇 달 뒤 SNS에서 입소문을 탄 설렁탕집에 커다란 카메라를 든 외국인이 찾아왔다. 그는 명함을 건네며 자신을 가이드북 작가라고 소개했다.

　"헤이, 주인장! 내가 가이드북을 쓰는데 말이야, 내 책에 네 식당 10퍼센트 할인 쿠폰을 붙이지 않을래? 그렇게 하면 관광객이 몰려올 거야. 요즘 사람들은 그게 대단한 혜택인 줄 안다고."

"아니, 그런 필살기가! 그런데 작가 양반, 10퍼센트나 할 인해주면 나는 뭐 먹고 살지?"

"자네는 아직 뭘 모르는군. 어차피 여기 오는 손님은 설렁 탕이 무슨 맛인지 몰라. 재료비를 줄여도 모른다고. 사골을 잡 뼈로 바꾸고 양지를 사태로 바꾼들 걔들이 어떻게 알겠어! 냉 면에 마라를 섞어도 원래 이런 맛이구나 할 거야."

사장은 작가의 말대로 해 보기로 했다. 그가 쓴 가이드북 에 쿠폰을 붙이고, 자신의 식당이 소개된 페이지를 크게 인쇄 해서 입구에 붙였더니…, 정말로 외국인 여행자가 몰려왔다. 가끔씩 한식 맛을 잘 아는 외국인이 "저 식당은 가지 마세요. 맛이 꽝이에요"라는 불만을 SNS에 올리기도 했지만, 그는 곧 사장에게 서비스 메뉴를 받은 열혈 지지자들에게 공격당 했다. "이 집의 맛을 느끼지 못한 건 네가 음식을 제대로 이해 하지 못했기 때문이야!" 그 모습을 지켜보면서 사장은 묘한 쾌감에 젖었다.

식당에 찾아온 외국인 여행자들은 자주 "수프가 정말 맛 있어요. 고마워요. 그런데 떡볶이와 물회는 어디 가야 먹을 수 있나요?"라고 묻곤 했다. 눈썰미 좋은 사장은 이번에도 변 화를 선택했다. '설렁탕집에서 설렁탕만 팔라는 법은 없지? 이참에 떡볶이도 팔아 보자. 손님들이 저렇게 원하잖아!' 그 는 곧 메뉴판에 떡볶이를 추가했다. 단 외국어 메뉴판에만 말이다.

　이런 식으로 유명해진 식당을 외국 관광지에서도 흔히 볼 수 있다. SNS는 가끔 정말 어이없는 음식점에 주목하고, 일부 맹신자에 의해 그곳의 인기가 확대·재생산되어 결국 가이드북 작가가 그 식당을 소개하지 않을 수 없는 상황으로 이어지곤 한다. 다른 가이드북에는 전부 소개되었는데 내 책에만 나오지 않는다면? 독자는 내 책의 객관성과 공신력을 의심한다. 이 지점에서 나는 갈등에 빠졌다. 아무리 뜯어봐도 장점을 찾기 힘든 식당을 그저 인기 있다는 이유만으로 소개해야 하는 것일까?

　지금까지 가이드북 저자로서 내가 가진 자부심은 자비 취재, 그리고 가 보지 않은 식당이나 먹어 보지 않은 요리는 소개하지 않는다는 원칙에서 나왔다. 그런데 명동에서 발견한 '맛집의 법칙'을 보면서 내가 과연 두 원칙을 제대로 지켜왔는지 자문하게 되었다. 내가 쓴 가이드북에도 명동의 설렁탕집 같은 식당이 소개되어 있을 것이다. 현지를 취재하며 옥석을 열심히 가렸지만, 그것이 완벽했다고는 말할 수 없다.

## 가이드북 깎는 노인

비영어권 지역에서 현지인만 아는 숨은 맛집을 찾아내 소개하는 건 어려운 일이 아니다. 다만 내가 그 집을 소개하는 것이 그 집을 사랑하는 현지인에게 폐가 될 수도 있다는 걱정 때문에 소개하지 않은 경우도 많다. 어떤 한국인 여행자는 외국의 식당에서 한국어로 과도한 요구를 한 뒤 그것을 제대로 준비하지 못했다고 트집을 잡고 화를 내기도 한다. 일부 한국인의 무례함에 치를 떨며 나에게 "제발 우리 가게를 네 가이드북에서 빼줘"라고 요청한 외국 음식점이 스무 곳도 넘는다.

다시 말하지만, 가이드북은 리뷰를 모은 책이다. 사람이 하는 일이라 아무리 공정함의 기준을 세우고 보다 나은 곳을 찾기 위해 발품을 판다고 한들 완벽해질 수는 없다. 특히 해마다 개정판을 내야 하는 가이드북은 저자와 함께 나이를 먹는다. 10년 전에는 보이지 않던 것들이 이제야 보이는 일이 잦다. 앞에서 한 명동의 한식 맛집 이야기도 그러한 예 가운데 하나다.

'환타'라는 이름을 짓고 강호를 누빈 지 어느덧 16년. 나에 대한 평가가 '재수 없고, 잘난 척하며, 싸가지 없다' 단 세 마디라는 데 만족한다. 내가 이 분야의 직업윤리를 훼손하지 않고 살아왔다는 증거로 받아들인다.

언제까지고 가이드북 깎는 노인으로 남고 싶을 뿐이다.

# 가이드북이라는 장르의 역설

## "침묵은 금이다"

모두가 한 번은 들어 봤을 이 말은 『프랑스혁명The French Revolution』을 집필한 영국의 역사가이자 비평가 토머스 칼라일Thomas Carlyle의 금언이다. 그의 동시대인들은 침묵은 금이라는 말의 맥락을 이해했을 테지만, 경구란 후세로 가면서 본래 맥락은 사라진 채 '일상적 오해'의 소재로 쓰이기 마련이다. 짧은 문장은 시간이 흐르면서 주관적으로 이해되고 각자의 입맛에 맞게 윤색된다. 짧은 한 줄이기에 주관적으로 이해하고 윤색하더라도 틀렸다는 비난을 받지 않는다. 경구만이 누릴 수 있는 축복이다.

반면 논리를 가진 긴 문장은 비판의 대상이 될 수밖에 없다. 구체적 서술은 시대, 혹은 유행과 사회의 변화에 따라 틀렸다고 규정되기 쉽고, 실제로도 그렇게 된다. 이 또한 일관된 논리를 구사해야 하는 긴 글의 숙명이다.

요즘은 인터넷을 통해 정보가 확산되는 속도가 워낙 빠른 시대라 종이책인 가이드북이 과연 필요하기는 한 걸까라는 의문을 피할 수 없다. 독자뿐 아니라 책을 쓰는 저자의 입장에서도 마찬가지다. 마우스를 몇 번 클릭하면 일주일 전에 여행을 다녀온 이들이 남긴 생생한 후기를 찾을 수 있고, 그 과정에서 남들이 모르는 곳까지는 아니어도 남들이 다 가는 곳에 관한 정보는 충분히 확인할 수 있다. 텔레비전에서 여행 예능이 한창 유행하던 때에는 프로그램 출연자가 어떤 가이드북을 들고 나왔는지가 여행 출판 업계의 관심사였다. 반면 지금은 예능 출연자가 "요즘 누가 촌스럽게 책을 들고 다니느냐"라고 질타한다.

가이드북의 역할에 대해서 고민이 많다. 아마 이 업계에 종사하는 모든 사람이 같은 고민을 하고 있을 것이다. 내가 정한 방향은 스토리텔링의 강화다. 나는 가이드북 작가 가운데 글을 많이 쓰는 편이고 다방면에 관심을 걸치고 있다. 그러다 보니 가뜩이나 가벼워지는 가이드북 시장에서 독자들은 종종 내가 쓴 책에 "인문서를 산 줄 알았다"라거나 "무거운 걸 들고 다니느라 혼났다"라는 리뷰를 달기도 한다. 그럼에도 나는 내 책을 쪽수뿐 아니라 내용까지 더욱 두툼한 책으로 만들고자 노력한다.

두 번째는 남과는 다른 큐레이션이다. 종국에 독자가 가이드북을 고르는 기준은 저자의 독보적인 전문성과 그가 수집한 정보에 대한 신뢰라고 여기기 때문이다. 하지만 아무리 재미있는 뒷이야기를 들려주고, 인문 지식을 자랑하며 아무도 알려주지 않는 장소를 소개한다고 해도 가이드북은 기본적으로 실용서다. 가이드북은 여행의 가격과 만족도를 비롯한 수많은 숫자의 집합이다. 많은 독자가 최신 개정판에 목매는 이유는 낯선 여행지에 대한 가장 정확한 정보를 얻을 수 있을 것이라고 믿기 때문이다. 그런데 서점에서 이런저런 가이드북을 뒤적이다 보면 '과연 이 책에 담긴 정보가 인터넷에서 찾은 정보보다 정확할까?'라는 의심이 들 때가 있다. 대개의 가이드북이 얼개는 잘 잡혀 있지만 그 내용까지 구체적이고 정확한 경우는 흔치 않다. 특히나 마치 '침묵은 금'이라고 믿는 사람들처럼, 특정 정보에 대해서는 모두가 약속이나 한 듯 입을 다물고 있다. 왜 그럴까?

## 평가를 두려워할 때 생기는 일

이유는 간단하다. 틀리는 게, 혹은 '이 책은 틀렸어'라는 평가를 듣는 게 두렵기 때문이다. 식당 정보를 예로 들어 보자. A라는 책은 식당의 분위기는 충실하게 설명하지만 요리의 맛과 가격에 대해서는 두루뭉술하게 설명하고 넘어갔다. 반면 B라는 책은 저자가 직접 방문하여 주요 요리의 가격을 확인하고, 심지어 여행자가 주문할 때 이용할 수 있도록 간이 메뉴판까지 만들어서 수록했다(나는 자신은 없지만 어차피 매년 개정을 하니 한번 도전해 보는 심정으로 책에 '간편 메뉴'를 넣고 있다).

두 책 모두 한 식당에 반 페이지씩 할애했다. A는 설명이 적다 보니 사진을 큼직하게 넣었고, B는 정보가 많다 보니 상대적으로 사진이 작게 들어갔다. 상식대로라면 독자는 다양한 정보를 충실하게 수록한 B를 선택해야 한다. 하지만 한국의 독자는 A를 선호하는 경향이 짙다. 시원시원한 A의 편집이 눈에 더 잘 띄고 커다란 사진이 여행의 감상을 불러일으키는 것처럼 보이기 때문이다.

여기에 더욱 중요한 문제가 있는데, A는 '오류의 위험'으로부터 상대적으로 자유로울 수 있다. 느슨한 A의 정보가 틀리는 경우는 그 식당이 문을 닫았을 때밖에 없다. 반면 B는 독자들의 여행을 돕기 위해 저자가 발로 뛰어서 모은 수많은 정보가 모두 폭탄이 되어 돌아온다. 메뉴가 바뀌는 일도 많고 음식 값이 오르는 일은 더욱 빈번하다.

가이드북이란 책에 담긴 정보가 자세할수록 오류 가능성이 기하급수적으로 커지는 운명을 지닌다. 가이드북 저자의 입장에서 정확한 책을 쓰는 방법은 정보를 최소한만 기록하는 것이다. 이런 식으로 쓴 책에 '가장 신뢰할 수 있는 가이드북'이라는 홍보 문구를 붙인 기막힌 일도 있다.

식당마다 가장 잘하는 요리가 있기 마련이다. 식당을 방문하는 여행자들은 거의 대부분 대표 메뉴를 주문한다. 나는 '간편 메뉴'에 그 식당을 대표하는 요리가 무엇인지 알려주고 가격까지 표기하면 여행자가 예산을 짤 때 도움이 되리라고 기대했다. 하지만 이미 알고 있었다. 이게 스스로 무덤을 파는 일이라는 걸. '간편 메뉴'를 넣기 전에는 취재지에 가면 우선 새로 문을 연 식당 등 책에 추가할 곳에 먼저 방문하고, 가격이나 위치, 영업시간이나 맛이 달라졌을 법한 곳을 나중에 확인했다. 하지만 '간편 메뉴'를 만든 뒤로는 모든 식당에 다 방문해야 했다. 해야 할 일이 엄청나게 늘어났다. 거기에 식당에 갈 때마다 메뉴판을 도둑 촬영해야 하는 궁상이 따라붙었다. 어떤 식당은 입구에 메뉴판을 놓아서 들어가지 않아도 메뉴와 가격을 확인할 수 있지만, 메뉴판에 요리의 비법이라도 적혀 있는 양 꽁꽁 숨겨놓은 곳이 훨씬 많다.

공들여 만든 '간편 메뉴'는 또 한 번 예상하지 못한 암초에 부딪혔다. 몇몇 눈치 빠른 식당 주인은 똑같은 책을 들고 온 여행자들이 항상 똑같은 요리만 시킨다는 사실을 알아차렸다. 이제 그 요리의 가격이 해마다 하늘 높은 줄 모르고 치솟을 차례이다.

이 모든 상황이 가이드북 취재에 공을 들이면 들일수록 오류가 많아지는 역설을 초래한다. 그 결과 정보 제공이 목적인 가이드북에 구체적인 정보가 빠지는 코미디가 벌어지고 있다.

## 침묵은 금이 아니다

또 다른 예를 보자. A라는 지역에서 B로 가는 방법을 어떻게 설명해야 할까?

1. A에서 B로 가려면 버스나 기차를 타야 한다.
2. A에서 B로 가려면 버스나 기차를 타야 하는데, 버스는 10:00~16:00 사이에 3편, 기차는 08:00~20:00 사이에

11편이 다닌다.

3. A에서 B로 가려면 버스나 기차를 타야 한다. 버스는 10:00, 13:00, 16:00 하루 3편 운행하며 요금은 18달러다. 기차는 08:00~20:00 사이에 11편이 다니고 1등칸은 28달러, 2등칸은 19달러다.

이번에도 보기 3이 가장 정확한 설명이지만, 보기 1과 비교하면 틀릴 위험이 훨씬 크다. 보기 1은 갑자기 비행기 노선이나 뱃길이 열리지 않는 한 틀릴 일이 없다. 다만 저런 식의 설명은 정보라고 부를 수 없기 때문에 대부분의 가이드북은 보기 2 정도에서 타협한다. 하지만 나는 인터넷에 정보가 넘치는 시대에 가이드북 작가로 일하는 사람들에게 직업윤리라는 것이 있다면 이 문제의 정답으로 보기 3을 골라야 한다고 생각한다. 자세히 기록하면 할수록 시간이 지남에 따라 오류가 증가하는 상황은 가이드북의 피할 수 없는 숙명이다. 물론 보기 1과 보기 3의 차이를 구분하지 못하고 3에게만 엄격한 잣대를 들이대는 일부 독자들의 서평은 무섭기만 하다.

내가 미련하게 고집을 부리는 이유는 단순하다. 내가 쓴 내용 중 일부가 틀린 정보가 될지도 모르는 '오류의 위험'을 감수하더라도 현장에서 더 쓸모 있는 책을 만들기 위해서이다. 여행 안내서는 독자가 낯선 나라의 여행지에서 펼쳐 보는 책이다. 그를 조금 더 안전하고 조금 덜 당황스러운 여행으로 안내하기 위해서 우리는 침묵이라는 금을 멀리해야 한다.

당연히 나도 여행자였던 시절이 있다. 그때 손에 들고 간 가이드북을 보면서 '왜 이렇게 중요한 걸 써놓지 않았지?'라고 생각했다(그리고 욕을 했다). 가이드북 작가가 된 후에야 자세한 정보를 취재하기 위해 몇 배나 더 들여야 하는 발품과 비용이 부담스럽고, 아무리 발버둥쳐봐야 칭찬이 아니라 욕만 더 듣는다는 사실을 깨달았다. 그에 대한 두려움과 공포를 이해하지 못하는 것은 아니다. 하지만 우리는 떳떳하게 취재하고, 업체의 입김으로부터 자유로우며, 공정하게 분별하고, 침묵은 금이라고 말하지 않는 책을 만들어야 한다. 책을 더 잘 만들고 싶다는 소망이 나만의 욕심이 아니길 바란다.

# 모터사이클 다이어리

## 주마간산의 시대

언제부턴가 여행은 점이 되었다. 어느 나라 어느 도시에 가든 여행은 점으로만 이루어진다. 사람들은 각 점을 연결하는 선을 불편해하거나 의미 없는 군더더기라고 여기는 것 같다. 선을 얼마나 효율적으로 단축했는지가 좋은 여행을 평가하는 기준이 되었다.

가이드북을 처음 쓸 때 가장 힘들었던 건 도시마다 일정과 코스를 추천하는 일이었다. 나는 본래 천성이 하나를 하다가 금세 다른 걸 들쑤시기를 좋아하는 데다, 여행을 할 때도 관광지 자체보다 그걸 보러 가는 길에서 만나는 풍경과 우여곡절을 즐기는 사람이다. 그러니 필수 관광지 따위를 점으로 찍어서 추천 코스를 짜는 일에 도무지 흥미를 느끼지 못했다.

하지만 여행 가이드북에서는 코스를 짤 때 두 점 사이를 직선으로 이어줘야 한다. A에서 B 지점으로 이동하는 시간도 함께 제시하는 게 당연한 일이다. A에서 B까지 거리가 1킬로 미터라면 보통 사람의 걸음으로 계산해 '15분'이라고 알려줘야 한다. 나는 중간에 좋은 찻집이 나오면 들어가 차를 마시고 해변 위 언덕에서 바라보는 풍경이 예쁘면 가던 길을 멈추고 앉아서 시간을 보내지만, 가이드북은 이런 여유를 허락하지 않는다.

심지어 출판사에서는 추천 코스가 더 빼곡해지기를 원한다. 하루에 이만큼 전부 다 볼 수 있다고 해야 독자가 반응한다나? 가이드북은 현지에서 쓸모 있는 책이 되어야 하지만 서점에서 가이드북을 고르는 일조차 여행의 일부라는 설명, 이때 책에서 느끼는 설렘의 크기가 그 책을 구입하는 척도이니 뻥튀기가 필요하다는 출판사의 말도 어느 정도는 이해할 수 있다.

그 덕에 내가 쓴 모든 책은 저자인 내 취향과 거리가 먼, 최적의 동선을 고려해 기계적으로 짠 아주 바쁜 코스를 추천한다. 미안한 말이지만 나는 그 코스를 따라 여행할 자신이 없다. 강연 등의 자리에서 독자를 만날 때면 "책에 나온 코스는 20대 초반의 강철 같은 체력을 갖추고 무조건 많이 보는 게 남는 여행이라고 여기는 분에게 적합해요"라고 설명한다.

점으로 된 여행은 요즘 몇몇 나라에서 유행하는 택시 투어를 탄생시켰다. 하지만 풍경을 점이 아니라 선 위에서만 볼 수 있는 곳도 분명히 존재한다. 오직 길에서만 할 수 있는 경험, 여행자가 즐겨 찾는 점에는 존재하지 않는 풍경이 있는 것이다. 언제부턴가 우리는 길에 발을 딛지 않고 택시 안에서 창문을 통해 그곳 사람들이 사는 거리와 풍경을 바라만 본다.

주마간산이 미덕이 된 시대다. 주마간산을 해야 현지인과 부딪히지 않고 빨리 여러 곳을 둘러볼 수 있으니까.

### 오토바이에 오르다

2010년에 출간한 오키나와 가이드북은 나로서는 8년 만의 새 책이었다. 그동안은 기존에 낸 책의 개정판만 내면서 버텼다. 사실 가이드북 다섯 권을 해마다 개정하는 것만으로도 버거운 일이다.

바다가 있는 해변 휴양지는 풍경에 대한 묘사가 중요한데 오키나와에는 그런 바닷가가 어찌나 많은지. 원고를 몇 장 쓰고 나면 더 이상 풍경을 설명할 단어가 생각나지 않아서 애를 먹었다. 그런 나를 잘 아는 지인들은 내가 오키나와 가이드북을 쓸 거라고 했을 때 모두 놀랐다.

오키나와를 소개하면서 가장 매료되었던 부분은 이 작은 섬이 복잡다단한 역사를 겪었다는 사실이다. 하지만 가이드 북에서는 역사적 사건을 중요하게 다루지 않기에 걱정이 앞섰다. 취재를 어떻게 할지도 고민이었는데, 이곳이 오랫동안 미군정의 통치를 받은 탓에 대중교통이 부족하고 주민들은 자가용 위주로 생활하기 때문이다. 여행자도 주로 렌트카를 이용한다. 이런 환경은 가이드북 취재를 더욱 어렵게 만들었다. 차는 여행하기에 좋은 교통수단이지만, 길고 좁은 오키나와 섬에서는 주차 등 여러 문제를 유발한다. 고민 끝에 나는 취재를 위한 이동 수단으로 오토바이를 택했다.

가수 김광석은 생전에 자신의 꿈은 환갑에 할리 데이비슨을 타고 세계 일주를 하는 거라고 이야기했다. 내가 20대, 그가 30대였을 때 들은 이야기다. 나는 탈것에 관심이 없어서 할리 데이비슨이 뭔지도 몰랐다. 나중에 인도에 오래 머물면서 해변 휴양지가 모여 있는 고아Goa주에서는 오토바이를 타야 편하다는 걸 알게 되었다. 그리고 오토바이 면허도 없는 주제에 50cc짜리 택트를 빌려 고아주를 누볐다. 공기를 정면으로 마주한다는 점에서 오토바이는 자동차로는 느낄 수 없는 매력이 있다. 기어도 없는 택트를 몇 년 타다 간이 커진 나는 300cc짜리 로얄 엔필드를 타고 인도 최북단 라다크Ladakh를 여행한 적도 있다. 혹시라도 바이크가 쓰러지면 혼자 일으켜 세우지 못할 크기와 무게였지만, 엔진이 뿜어내는 진동과 배기음을 듣고 있노라면 사람들이 왜 여기에 미치는지 알 것 같았다. 인도에서의 경험은 오키나와에서 오토바이를 타고 취재하려는 시도에 자신감을 갖게 해주었다.

참고로 한국에서는 2종 보통 운전면허로 125cc 이하의 원동기를 몰 수 있지만, 해외에서 합법적으로 바이크를 몰기 위해선 반드시 2종 소형 면허를 딴 후 국제 운전면허 A 카테고리를 발급받아야 한다. 원동기 면허로는 A 카테고리를 받을 수 없다.

이 선택은 탁월했다. 나하那覇처럼 유료 주차장 외에는 주차할 곳이 없는 도시도 문제없었다. 길에 잠시 세워도 뭐라 하는 이가 없고, 심지어 유료 주차장에 무료로 바이크를 세울 수 있는 공간이 딸려 있었다!

　나는 구글 위성지도를 켜고 오키나와섬의 해안을 샅샅이 뒤졌다. 지도를 확대해 차는 닿을 수 없고 오직 오토바이만 들어갈 수 있는 좁은 오솔길을 찾았다. 이름 없는 해변이라도 좁은 오솔길을 통해 기다란 백사장에 도달할 수 있는 곳, 거기에 해변이 만으로 되어 있어서 물놀이하기 좋겠다 싶은 곳을 찾아갔다. 차를 빌렸다면 어디에 주차한 뒤 어떻게 걸어갈지 고민해야 했을 텐데, 오토바이는 이런 문제로부터 자유로웠다.

　오토바이를 타고 국도 331호선을 따라 남쪽으로 달리다 니라이카나이 다리ニライカナイ橋까지 가게 되었다. 야트막한 산 위에 큰 곡선을 그리며 휘어지는 다리에서는 아름다운 바다가 보였다. 처음 그 곡선을 따라 라이딩할 때 심장이 요동치던 기분을 아직도 잊을 수 없다. 그날 나는 다리에서 보이는 풍경에 빠져 같은 길을 다섯 번이나 오갔다. 그 뒤 니라이카나이는 오키나와에 갈 때마다 꼭 한 번은 오토바이를 타고 건너는 장소가 됐다.

　오토바이 여행을 시작하며 남들은 모르는 장소를 여러 곳 알게 되었다. 그렇게 찾은 곳을 모두 가이드북에 소개하였으니, 이제는 모두가 아는 장소가 되었다고 해야 할까. 내 책을 구입한 독자가 "왜 이렇게 검색해도 안 나오는 해변이 많아요"라고 하소연할 수도 있지만, 자신 있게 말할 수 있다. 그중 어느 곳이든 가 보면 후회하지 않을 것이라고.

　물론 오키나와를 바이크로 여행할 때의 단점도 있다. 항

상 헬멧을 써야 하는데, 더운 기후 탓에 머리카락이 눌리고 땀
이 말라붙는다. 그 꼴이 우스워서 식당에 들어갈 때도 항상 손
에 헬멧을 들고 가게 된다. '나 오토바이 타는 사람이야'라는
무언의 해명인데, 상대방이 알아들었는지 아직 확인하지 못
했다.

두 번째 단점은 시도 때도 없이 변덕을 부리는 날씨다. 화
창하다가도 갑자기 비가 쏟아지는데, 오토바이를 타다 비를
만나면 가만히 서 있을 때보다 10배는 빨리 젖는다. 그나마
요즘 쓰고 있는 카메라가 방진과 방수로 꽤 유명한 브랜드의

제품이라 다행이다. 한번은 태풍 직전의 폭우를 만난 적도 있는데, 비록 몸은 쫄딱 젖을지언정 카메라 걱정은 안 해도 돼서 마음이 편했다.

# 가짜 환타 대소동

## 가이드북 작가는 암행어사

이 글을 쓰는 지금도 믿기지 않지만, 종종 가짜 환타가 인도에 출몰한다! 본격적인 이야기를 시작하기 전에 여러분이 알아야 할 사실이 하나 있다. 인도 여행자들은 가이드북 저자의 존재에 대해 유독 관심이 많다. 나는 인도뿐 아니라 중국, 홍콩, 오키나와 가이드북을 썼고, 내 책을 들고 온 여행자를 여기저기에서 자주 만나지만, 인도 여행자처럼 자신이 들고 간 가이드북의 저자에게 관심을 기울이는 경우는 보지 못했다.

가격 정가제라는 개념이 없는 인도에서 가이드북은 애증의 대상이다. 인도에 처음 발을 디딘 여행자는 한동안 가이드북을 쓴 사람을 죽이고 싶을 만큼 증오한다. 손님의 관상을 보고 상품의 가격을 정하는 인도에서 가이드북에 적힌 가격은 그저 장식일 뿐이다. 가격 흥정에 대여섯 번쯤 데인 다음에야 여행자는 눈을 번뜩이며 책에 적힌 가격을 바탕으로 가게 주

인과 흥정을 하기 시작한다. 그리고 마침내 여행이 끝날 때쯤 되면 어떤 이는 가이드북에 적힌 가격보다 싸게 값을 치르는 경지에 도달한다.

계절에 따라, 시간에 따라, 그리고 사람에 따라 고무줄처럼 늘어났다 줄어드는 게 인도의 '정가'라, 여행자는 가이드북이 너덜너덜해질 때까지 끼고 다니면서 하루 종일 가격 흥정에 매진한다. 스마트폰이 없던 시절에는 기차를 타고 이 도시에서 저 도시로 이동하는 열 몇 시간 동안 가이드북에 적힌 현지 시장의 가격을 달달 외우는 게 일이었다. 그러고 있노라면 문득 궁금해졌다고 한다. 이토록 복잡하고 대중없는 나라에 대한 안내서를 1,000쪽이나 써낸 털 난 사내는 도대체 누구일까?

가끔 나는 인도의 한국 식당에서 신기한 듯 나를 쳐다보는 시선과 수근거림을 느낀다. 서로 정체를 모르는 척하며 어색하게 밥을 먹다가 누군가가 용기를 내서 나에게 가이드북을 건네는 순간 환호성이 터지고, 그런 뒤 거기에 모인 이들과 안부를 묻고 감사와 격려를 나누게 된다. 하지만 내가 먼저 나서서 "제가 환타입니다. 여러분이 들고 있는 가이드북을 쓴 사람이 바로 저예요"라고 말할 수는 없는 노릇이다. 가이드북 작가에게 중요한 것은 암행이라고 말하지 않았던가.

## 여러분, 제 얼굴을 기억하세요

그런데 이상한 소문이 돌기 시작했다. 나는 한국에 있는데, 지금 환타가 인도 어디를 취재하고 있다는 이야기가 자꾸 들려왔다. 처음에는 '나를 닮은 사람이 장기 여행 중인가?'라고 생각했다. 그러던 어느 날, 개정판을 위해 사막으로 유명한 라자스탄Rajasthan 지역을 취재하는데 나를 만난 한 숙소의 주인이 놀란 표정으로 말했다.

"왜 또 왔어? 3개월 전에 수금해 갔잖아?"

"수금? 그게 무슨 말이야? 나는 너희 집에 14개월 만에 온 거야."

"이거 왜 이래? 지난번에 와서 올해부터 소개하는 집마다 1,500루피를 받는다고 했잖아!"

상황이 심각했다. 얼굴을 아는 사람까지 착각할 정도로 나를 닮은 가짜 환타가 여기저기 다니면서 돈을 받아간 것이다. 확인해 보니 그놈이 이 도시의 숙소를 모조리 다 훑고 간 후였다. 다행히 몇 집은 내가 아니라는 걸 알아보고 돈을 주지 않았다고 했다. "나에게 이메일이라도 보내서 알려줬어야지, 왜 안 그랬어!"라고 짜증을 냈더니 고작 그런 일로 화를 내냐며 오히려 나를 타박했다. 『론리플래닛Lonely Planet』의 저자를 사칭하는 서양인은 해마다 몇 팀씩 찾아온다고…. 그제야 그 책의 표지에 "어떠한 경우에도 취재를 이유로 금전을 요구하거나 편의를 제공받지 않는다"라고 적어놓은 까닭을 깨달았다. 이때만 해도 인터넷보다 가이드북이 중요했던 시절이다.

가짜 환타는 인도인이 운영하는 업장을 상대로 용돈벌이

나 하는 수준이었지만, 내 얼굴을 아는 사람까지 속을 정도라면 문제가 심각했다. 정말 도플갱어라도 있는 것일까? 혹시 한국인 여행자를 상대로, 특히 여성을 상대로 불미스러운 일이 벌어진다면…. 생각이 여기까지 미치니 머릿속이 아찔했다. 혼자 끙끙대면서 다음 도시로 이동했다. '블루시티blue city'라는 이름으로도 유명한, 몇 년 뒤 〈김종욱 찾기〉라는 영화의 무대가 될 조드푸르Jodhpur였다.

자주 머무는 숙소의 루프탑에 올라가 혼자서 밥을 먹는데 건너편에 앉아 있던 남성 여행자가 말을 걸며 다가왔다.

"저기, 그거 아세요? 지금 환타님이 인도에서 개정판 취재 중이에요. 제가 만났어요!"

어이가 없었지만, 모르는 체하며 대꾸했다.

"아, 그래요? 어디서 만나셨어요?"

"콜카타Kolkata에서요. 시킴Sikkim으로 올라간다고 하더라고요."

"그랬군요. 저도 환타님을 만나고 싶은데, 시킴은 너무 멀어요."

"그런데요, 당신도 인도말을 꽤 잘하네요. 여행을 오래 하셨나요?"

"저는 바라나시Varanasi에서 유학 중인 차영종이라고 합니다. 어쩌다 보니 인도에 오래 있게 되었어요."

나도 다른 사람을 사칭해야 했다. 인도에서 환타를 만나서 감격한 사람에게 '내가 진짜 환타예요! 당신이 만난 건 가짜라고요'라고 말할 수는 없었다.

가짜 황타 매소등

"그랬군요! 어쩐지 인도에 오래 머문 분 같았어요."

이왕에 이렇게 되었으니 가짜 환타에 대한 탐문이나 해야지 싶어서 그에게 물어보았다.

"환타님은 혼자 다니던가요?"

"아뇨. 마녀님도 있었어요."

맙소사! 2인 1조, 환타와 마녀로 활동하는 가짜라니! 그놈은 완전히 프로 사기꾼이었다. '처음부터 2인 1조로 활동한 걸까? 혹시 여성은 그놈이 가짜인지 모르고 따라다니는 게 아닐까?' 숨이 가빠지기 시작했다. 가짜가 시킴으로 갔다는 때는 벌써 2주 전이었다. 3개월 전에 인도의 서쪽 끝 라자스탄을 휩쓸고, 2주 전에 동쪽 끝 시킴을 거쳤다면 지금은 한국으로 돌아가 돈주머니를 세고 있을 것이다.

그날 나는 장문의 글을 인도 여행 카페에 올렸다. 그 대략의 내용은 다음과 같다.

지금 가짜 환타가 인도에 출몰하고 있다. 나는 조드푸르에 머물고 있으며, 대부분의 경우 나는 내가 환타라고 남에게 밝히지 않는다. 나와 닮은 사람이 환타를 사칭하는 것 같은데, 난 이렇게 특이한 외모와 커다란 머리통을 가졌음에도 불구하고 손은 희한할 정도로 작다. 인도 가이드북에 손을 겹쳤을 때 이만하다. 혹시 자기가 환타라고 말하는 사람을 만난다면 손을 유심히 봐주기 바란다. 그리고 나는 이렇게 생겼다.

글 아래에 내 손과 얼굴 사진을 공개했다. 그리고 가이드북을 개정하면서 표지에 실린 프로필 사진을 얼굴 정면을 찍은 사진으로 교체했다. 가이드북 저자의 얼굴이 알려지면 좋을 게 없지만 사칭으로 인한 피해를 두고 볼 수 없었다. 이로써 가짜 환타의 사기 행각은 막을 수 있었지만, 그 대가로 나는 전 세계 모든 나라에서 사생활을 완전히 잃어버리고 말았다.

# #06

## 랭킹의 시대

## 대한민국이 세계 2위의 여행지라고

사람들은 순위 매기기를 참 좋아한다. 특히 일본은 온갖 잡다한 데까지 랭킹을 매기지 못해 안달이 난 나라 같을 때도 있다. 가전제품 매장에 가면 그곳에서 가장 잘 팔리는 상품 '베스트 3'가 따로 전시되어 있고, 식당에 가도 가장 인기 있는 '런치메뉴 1, 2, 3위' 따위가 눈에 잘 띄는 벽에 붙어 있다. 어쩌다 들른 뜨내기들은 이걸 보고 참조하라는 일본식 친절, 이른바 '츤데레'이다.

　나처럼 삐딱한 사람은 랭킹을 무시하고 메뉴판을 전부 뒤져서 특이해 보이는 음식을 주문하는데, 사실 랭킹을 믿는 쪽이 입에 맞는 메뉴를 고를 확률이 훨씬 높다. 그렇다고 랭킹이 꼭 정답이라는 말은 아니다.

　한번은 한국 여행 가이드북 시장에 모든 것에 랭킹을 붙여 엮은 시리즈가 출판된 적이 있다. 지역의 볼거리와 식당 등에 모두 순위를 매긴 구성이었는데, 독자 입장에서는 순위표 상단에서 목적지를 고르면 되니 편하기도 했다. 하지만 순위 선정에는 언제나 변별력, 공정성 시비가 따라붙기 마련이다.

식당을 고를 때의 기준이 맛일까, 분위기일까? 둘 다 아니라면 접근성이 중요할까? 여행자가 여행지에서 찾는 호텔, 축제 등을 평가할 객관적 기준이 도대체 무엇일까? 가이드북 작가는 여러 평가 기준을 종합하여 순위를 매길 능력까지 갖춰야 하는 걸까? 이처럼 순위 선정은 도저히 정답을 찾을 수 없는 문제다.

그럼에도 사람들은 누군가가 임의로 정했을 뿐인 랭킹을 정말 좋아한다. 따라 하기 쉽고 기억하기 쉬우며 자랑하기도 좋기 때문이다. "이번에 여행을 가서 50년 전통의 정통 광둥 요리집을 찾았어"라는 말보다는 "○○○이 선정한 죽기 전에 꼭 가야 할 맛집 1위에 다녀왔어"라는 자랑이 더 그럴싸해 보이지 않는가.

요즘은 아예 여행지 순위를 정하는 일이 한창이다. 봄, 여름, 가을, 겨울마다 '지금 꼭 가야 할 베스트 관광지'를 소개하는 기사가 도처에서 출몰한다. 랭킹이 주는 짜릿함은 동서를 가리지 않는다. 전 세계적 가이드북 『론리플래닛』부터 호텔·항공 예약 사이트인 스카이스캐너Skyscanner까지 모두 다 순위를 정하는 일에 뛰어들었다. 하지만 그들이 어떤 기준으로 순위를 정하는지는 베일에 싸여 있다. 『론리플래닛』은 2018년에 꼭 가야 할 여행지 중 두 번째로 대한민국을 꼽았다. 취재보다 어뷰징(포털 사이트에서 언론사가 검색을 통한 클릭 수를 늘리기 위해 동일한 제목의 기사를 지속적으로 전송하거나 인기 검색어 순위에 올리기 위해 클릭 수를 조작하는 일)에 능한 한국 언론이 가만히 있을 리 없었다. 그로부터 며칠간 작성자도 표시되지 않은 똑같은 기사 수백, 수천 건이 포털 사이트를 뒤덮었다.

한국, 2018년 세계 최고의 여행지 2위 선정!

이 기사를 본 한국인은 황당함을 표시했다. SNS에는 "사드 보복으로 중국인 관광객이 없어서 쾌적함 항목에 가산점을 받은 것이냐"는 등의 농담과 "정작 한국인은 바가지요금에 질려 전부 해외로 나가는데 대체 무엇이 그렇게 매력적이냐"는 등의 절규가 섞여 있었다. 정작 『론리플래닛』이 한국을 추천한 이유는 강원도 평창에서 동계 올림픽이 열리고, 서울과 강릉을 잇는 고속철이 개통되었으니 이 기회에 즐겨 보라는 게 전부였다.

## 낯섦이 안전보다 중요할까

랭킹의 문제점을 따지기 시작하면 의심스러운 구석이 한두 가지가 아니다. 랭킹을 주관한 업체는 대부분 어떤 기준으로 순위를 정했는지 함구한다. 간혹 알려줄 때도 "여행 전문가와 네티즌이 함께 선정했다"라는 설명이 전부고, 순위에 오른 국가나 도시 중에는 치안이 극도로 불안하거나 모험가들에게나 어울릴 법한 오지가 섞여 있는 경우도 수두룩하다.

2018년 『론리플래닛』의 순위만 봐도 그렇다. 4위로 소개된 아프리카 동쪽 끝의 지부티Djibouti는 소말리아Somalia계가 전체 인구의 60퍼센트를 차지하는 인구 100만 명가량의 작은 나라다. 지부티는 오랜 독재와 내전을 겪었으며, 현재도 이웃의 에리트레아Eritrea와 영토 분쟁 중이다. 이웃한 소말리아와 에티오피아Ethiopia의 정세가 워낙 혼란스러운 탓에 지부티에 관한 뉴스를 접할 일이 없었는데, 이게 곧 안전하다는 뜻은 아니다. 대한민국 외교부는 지부티 전역에 '여행 자제'를 발령했다. 게다가 개별 여행 자체가 불가능하고 여행 물가 또한 상당히 비싼 편이다. 나는 개인 여행자를 독자로 삼는 『론리플래닛』이 도대체 왜 지부티를 최고의 여행지로 선정했는지 지금도 이유가 궁금하다. SNS에서는 낯선 나라를 다녀온 여행자의 호들갑이 언제나 큰 관심을 받지만, 나는 그보다 여행지의 치안과 인프라가 더 중요하다고 생각한다. 더 나아가 『론리플래닛』은 2009년에 세계 최악의 도시 1위로 선정했던 미국 디트로이트Detroit를 9년 만에 최고의 도시 2위로 꼽기도 했다.

　『론리플래닛』의 아슬아슬한 줄타기는 결국 2019년에 사달이 나고야 말았다. 2019년, 『론리플래닛』은 인류 최악의 내전을 끝낸 지 고작 10년 된 스리랑카Sri Lanka를 올해 반드시 여행해야 할 국가 1위로 선정했다. 그동안 이 나라에서 내전의 논공행상을 논하며 교체된 장관만 150명이 넘는다. 심지어 직원이 달랑 두 명뿐인 부처를 만들고 거기에 장관을 앉힌 경우도 있다. 정부가 정상적으로 작동하지 못하고 있다는 뜻일 터.

여행의 이유

게다가 2018년에는 부처님의 치아 사리로 유명한 캔디Kandy 지역에서 불교도와 무슬림 사이의 갈등으로 인한 폭동이 발생하기도 했다. 이런 스리랑카를 외국인이 안전하게 여행할 수 있는 나라로 보기는 아직 이르다.

2008년 뭄바이 테러—최근에 개봉한 영화 〈호텔 뭄바이〉의 배경이 된 사건—에서 테러범은 여행 가이드북을 보고 범행 장소를 물색했다. 테러의 목표가 정재계의 주요 인물 같은 하드 타깃에서 이슈가 될 만한, 이를테면 외국인 여행자 같은 소프트 타깃으로 바뀐 지 오래다.

결국 2019년 4월 21일 부활절에 스리랑카의 성당과 교회 등 8곳에서 연쇄 자살 폭탄 테러가 발생해 전 세계 35개국에서 여행 온 외국인을 포함한 290명이 사망했다. 이 사건을 『론리플래닛』만의 잘못이라고는 할 수 없지만, 그들의 추천을 믿고 스리랑카로 찾아온 이들이 테러에 휘말렸음은 부인할 수 없다. 추천에는 반드시 타당한 설명이 뒤따라야 하는 이유다.

## 상하이에서 꾼 한여름 밤의 꿈

사실 나도 랭킹의 혜택을 본 적이 있다. 2015년, 여행 업체 한 곳이 '올 여름 최고의 가족 여행지'로 상하이를 추천했다. 그때도 포털 사이트는 똑같은 제목을 단 기사로 도배되었고, 덩달아 내가 쓴 상하이 가이드북의 판매가 40퍼센트나 늘면서 에어컨을 마음껏 돌려도 될 만큼 넉넉한 인세가 들어왔다.

그런데 '여름'과 '상하이'가 어울리는 조합이었을까? 원래 여름은 상하이 여행의 비수기다. 나는 통장을 들여다보며 환호성을 지르면서도 불안한 마음을 감출 수 없었다. '이 여름에 상하이로 간 사람들이 얼마나 욕을 하게 될까.' 상하이의 여름은 말 그대로 불가마다. 하루 종일 기온이 30도 아래로 내려가지 않는 날이 많다. 또한 상하이 관광은 주로 야외를 돌아다니는 코스로 짜여 있는데 대중교통이 불편하다. 누군가가 나에게 상하이 여름휴가 티켓을 선물해주었다면 나는 거절했을 것이다. 그만큼 상하이는 여름에 가족과 여행을 갈 만한 도시가 아니다. 얼마 지나지 않아 휴가지에서 불가마 체험을 하고 돌아온 이들의 악평이 SNS에 퍼지기 시작했다. 당연히 상하이 가이드북의 판매도, 그로 인한 인세도 한여름 밤의 꿈으로 끝났다.

직업병 탓인지, 나는 1년에 두어 번씩 같은 꿈을 꾼다. 어느 여행자가 여행 중에 사망했는데, 그가 품에 내 책을 안고 있는 꿈이다. 그 모습을 보면서 나는 '생각했던 것처럼 즐거운 여행이었어야 할 텐데. 죽기 전에 마지막으로 먹은 음식이 입에 맞았어야 하는데'라고 걱정한다.

누군가에게 가이드북은 여행지에 대한 환상을 심어주고 수평선 너머의 풍경을 꿈꾸게 하는 책일지 모른다. 그러나 정보를 정확히 전달하고 제대로 안내해야 하는 나에게는 서바이벌 키트 혹은 만능 구급상자다. 그 책임감 때문에 내가 쓴 가이드북은 늘 잔소리로 넘쳐난다. 지도 밖은 위험천만한 곳이다. 현지인에게 당신이 특별한 이유는 당신의 지갑이 그곳의 지폐로 가득 채워져 있기 때문이다. 내가 당신에게 환상이 아닌 현실을 거듭 이야기하는 이유다.

　　누군가는 1년 내내 여행을 꿈꾸며 일을 하고 있을 것이다. 그는 달력에 소중하게 그려놓은 빨간색 동그라미를 보며 사방에서 몰아치는 갑질을 견뎌내고 있다. 그에게 주어질 단 사나흘의 시간을 담보로 내 지갑을 두둑하게 불릴 용기가 나에게는 아직 없다.

2장

여행자의 뉴스공장

#07

국제 뉴스의 숨겨진 진실

## 현실을 보지 않는 언론

2017년 7월 한국의 주요 언론은 「인도, 불가촉천민 출신 대통령 당선」이라는 외신발 기사를 일제히 쏟아냈고, 일부 기사는 인도가 카스트로부터 진일보한 것인 양 말하기도 했다. 기사만 보면 인도도 한국처럼 국민의 직접투표로 대통령을 뽑는다고 오해하기 쉽다. 해설이 생략된 단발성 기사는 늘 이런 식의 오해를 동반한다. 한국의 몇몇 언론사는 인도에 특파원을 파견하고 있지만 이들이 현장에서 송고하는 기사는 모두 "BBC는", "CNN에 따르면", 혹은 "현지 언론에 의하면"으로 시작한다. 굳이 비싼 비용을 들여 특파원을 보내야 하는지 의문이 들 정도다.

　인도는 의원내각제 국가로, 실권은 내각 총리에게 집중되어 있다. 인도 국민이 직접 참여하는 선거는 하원을 뽑는 총선거General Election가 유일하다. 대통령은 상원인 라자 사바Rajya

Sabha, 하원인 로크 사바Lok Sabha, 그리고 주의회 의원이 참여하는 5,000명 규모의 선거인단에 의해 선출된다. 내각제, 그리고 간접선거의 성격상 지금까지 인도의 대통령은 모두 총선에서 승리한 제1당이 추천한 인물이었다.

말이 나온 김에 몇 마디를 더 하면, 인도는 총리에게 대부분의 권한이 집중된 정치 체제이며 대통령은 취약 계층에게 그 몫이 돌아가는 일종의 명예직에 가깝다. 여기에서 인도 정치의 묘미가 등장하는데, 하층 카스트나 여성, 혹은 무슬림 등에게 대통령 자리를 안배해 인도라는 나라의 대외적 이미지를 개선하는 장치로 사용한다. 한국 정치판에서 정권이 바뀔 때마다 어느 지역 출신이 정부의 요직을 차지하는지에 관심이 집중되는 것과 비슷하다고 할 수 있다.

기사의 주인공인 인도의 14대 대통령 람 나트 코빈드Ram Nath Kovind는 인구가 가장 많은 주이자 대표적인 힌두 벨트인 우타르프라데시Uttar Pradesh주 출신이고, 1억 명의 인구를 자랑하는 비하르Bihar주의 지사를 역임했다. 그의 근무지와 출신지를 망라한 연고지 인구만 3억 2,000만 명이며, 1억 6,000만 명이라는 불가촉천민의 수까지 더하면 람 나트 코빈드의 대통령 선출에 영향을 받는 인구는 거의 5억 명에 달한다. 이런 이유로 신임 대통령은 나렌드라 모디Narendra Modi 총리가 다음 총선의 승리를 위해 내놓은 신의 한 수였다는 분석도 등장했다.

역대 인도 대통령의 면면을 보면 이런 정치적 고려를 한눈에 확인할 수 있다. 12대 대통령 프라티바 파틸Pratibha Patil은 최초의 여성 대통령이었다. 그는 국제 사회의 눈을 인도의 뿌리 깊은 여성 차별로부터 돌려놓는 데 효과적으로 이용되었다. 11대 대통령 압둘 칼람Abdul Kalam은 무슬림이었고, 10대 대통령 코체릴 라만 나라야난Kocheril Raman Narayanan은 천민 출신이었다. 심지어 2대 대통령 사르베팔리 라다크리슈난 Sarvepalli Radhakrishnan은 철학자였는데, 이 시기에 사람들은 인도를 가리켜 철학자가 대통령이 된 철인정치의 산 표본이라고 했다. 따지고 보면 모든 인도 대통령이 이런 식의 이슈를 한두 가지씩 몰고 다녔다. 기자가 그동안의 역사를 알았다면「불가촉천민 출신 대통령 당선」따위의 제목은 쓰지 않았을 것이다.

## 케랄라주의 인간띠 사건

인도에 관한 뉴스가 2019년 1월에도 이어졌다. 바로 새해 벽두부터 우리 모두를 궁금증에 빠트린, 인도 남부 케랄라Kerala주에서 여성 500만 명이 620킬로미터에 걸친 인간띠를 만들어 시위를 했다는 보도 말이다. 2012년 이후 7년째 인도에 대해서는 '여성을 집단 성폭행 후 살인했다'는 뉴스만 내보내던 한국 언론이 이례적으로 이 사건에 관심을 보였다. 아마도 여성 혐오의 본고장으로 알려진 인도에서 여성이 권리를 주장하며 집단행동에 나선 만큼 보도할 가치가 있다고 판단했기 때문이리라.

　사건을 정리하면 이렇다. 케랄라에는 아야빠Ayappa라는 힌두 신을 모신 사바리말라Sabarimala 사원이 있다. 아야빠는 동정童貞의 신이므로 사원은 부정을 탄다는 이유로 가임기 여성의 출입을 오랫동안 금지했다. 1960년대부터 여성의 출입을 막는 힌두의 교리가 성차별이라는 인식이 확산되다가, 급기야 2018년 9월 인도 대법원은 사바리말라 사원의 여성 출입 금지는 헌법이 보장하는 종교의 자유를 침해한다고 판결했다. 이에 연방정부의 집권당인 인도국민당을 중심으로 하는 극우 세력이 대법원 판결의 부당함을 주장하며 사원 점거에 나서면서 4개월간 사원 안팎에서 격한 물리적 충돌이 벌어졌다. 여성계를 지지하는 케랄라주정부와 힌두 교리를 옹호하는 연방정부가 공개적으로 대립하는 상황이 펼쳐진 셈이다. 결국 주정부와 여성계는 2019년 1월 1일을 기해 케랄라주 전체를 인간띠로 연결하는 시위를 조직했고 여기에 무려 500만 명이나 되는 여성이 동참했다. 시위 직후 역사상 처음으로 가임기 여성 두 명이 케랄라주 경찰의 호위를 받으며 사원 진입에 성공했다. 그 즉시 사원 측은 정화 의식이 필요하다며 사원을 폐쇄했다.

　이후 사건은 꽤 폭력적으로 전개되었다. 힌두교 극우파를 중심으로 한 세력이 인도에서 유일하게 좌파가 집권하고 있는 케랄라에서 폭력 시위를 일으켰고, 그 와중에 여성의 사원 출입을 반대하는 남성이 분신자살하기도 했다. 불에 기름을 부은 당사자가 연방정부 집권당이라는 사실이 아이러니하다. 질서 유지를 담당해야 하는 연방정부가 좌파가 집권한 지역의 평화와 안녕을 고의적으로 붕괴하려는 의도를 공공연하게 드러낸 셈이다. 그 배경에는 4개월 뒤에 열릴 17대 총선(2019년

4월 7일에 시작해 6주간 진행되었다. 유권자의 수만 8억 명이 넘기 때문이다. 선거는 5월 12일까지 진행된 후 16일부터 개표가 시작되었다. 개표 결과 인도국민당이 전체 하원 의석 543석 중 303석을 확보해 재집권에 성공했다)이 자리하고 있었다. 인도에서는 선거 직전에 정치인이 종교 갈등을 증폭시켜 폭동을 유도하고 급기야 대량 학살을 일으킨 전례가 있다.

### 세계는 오늘

인도국민당은 인도가 힌두, 이슬람, 불교, 자인교, 기독교가 어우러진 세속주의 국가라는 점에 불만을 갖고 있다. 그들이 내세우는 강령은 힌두트와Hindutva인데, 해석하면 힌두 지상주의쯤에 해당한다. 이들에게 인도의 역사는 힌두와 반反힌두 사이의 투쟁이며, 역사의 승리란 힌두교가 지배하는 인도의 탄생이다. 그 안에서 힌두의 전통에 의문을 표시하는 여성운동가와 좌파는 모두 척결해야 할 대상이다.

16대 총선은 2014년에 실시됐다. 인도 현대사의 대부분을 집권해온 국민회의의 무능에 질린 유권자들은 신자유주의 경제 정책을 바탕으로 적극적 외자 유치, 시장 개방, 2차산업 활성화를 공약으로 건 극우 정당에 압도적 지지를 보냈다. 거의 대부분의 지역에서 인도국민당이 압승했고, 지역 정당이 우세한 지역에서도 국민당은 연립정부를 구성해 주도권을 잡았다. 그러나 유일하게 국민당이 발도 못 붙인 지역이 있었으니, 바로 인간띠 시위의 무대인 케랄라주이다.

케랄라는 1958년에 세계 최초로 공산당이 선거를 통해 주정부를 장악한 이래로, 특정 정당이 장기 집권한 다른 지역과 달리 정권이 자주 바뀌며 정치적 활력이 살아 있는 곳이다. 특히 공산당은 집권할 때마다 문맹 퇴치 운동과 도서관 및 보건 시설 건설 운동을 실시하여 이 지역의 문자 해독률, 유아 생존율 및 평균 수명을 획기적으로 높였다. 지금도 케랄라주 곳곳에서 공산당 깃발을 볼 수 있다.

케랄라는 인도에서 극우파의 종교적 선동이 전혀 통하지 않는 유일한 지역이었던 셈이다. 즉 사바리말라 사원을 둘러싼 갈등은 케랄라의 힌두교도를 자극해 차기 총선의 교두보를 확보하려는 인도국민당의 선동과 여성계 및 좌파의 지지를 받아 이를 막아내려는 케랄라주정부의 대응에서 비롯되었다.

인도 연방대법원이 가임기 여성의 사원 출입을 허락하는 판결을 내렸을 때 인도국민당은 쾌재를 불렀다. 인도국민당 케랄라주 위원장은 이 판결과 이어진 폭력 사태를 "신이 정권을 되찾으라고 우리에게 주신 황금 같은 기회"라고 말했다가 소요죄로 기소되었다.

한국의 언론은 국제 뉴스의 비중이 적기로 유명하다. 국제 뉴스가 미국과 일본, 중국에 편중되어 있고, 그나마 대부분 외신을 번역한 것에 그친다. 반면 일본 언론만 하더라도 국제 뉴스를 보도할 때 자신의 관점에서 직접 취재하고 분석한 기사를 쓴다. 그걸 보면서 부러워한 적이 한두 번이 아니다. 자극적인 가십성 외신만 쏟아지는 상황에서 한국의 대중이 외국의 진짜 현실을 제대로 이해하기란 너무나 어려운 일이다. 한국은 어쩌면 100년 전이나 지금이나 여전히 섬인지도 모르겠다.

## 08

인도가 세계 2위의 소고기 수출국이라고

## 인도 친구의 까다로운 입맛

정말이지 이렇게 피곤해질 줄은 몰랐다. 인도에서 꽤 친하게 지낸 브라만 출신의 친구가 한국에 와서 반가운 마음에 그를 집으로 초대했다. 나는 인도 친구들에게 한국인의 밥상도 채식이라고 이야기해왔는데, 뚜껑을 열어 보니 대접할 음식이 없었다. 인도에서는 그가 그저 고기나 안 먹는 정도려니 생각했다. 그런데 김치는 젓갈이 들어가서, 된장국은 멸치로 국물을 내서라는 이유로 음식을 하나씩 지우고 나니 그에게 해줄 한식이 거의 남지 않았다.

"너 계란도 안 먹니?"

"계란은 인도에서도 안 먹었어. 그걸 네가 몰랐다는 게 더 이상하다."

"아니, 난 고기만 안 먹는 줄 알았지."

결국 모든 반찬을 물리고 두부 부침과 참기름 섞은 간장에 밥 한 그릇을 줄 수 있었다. 한식으로 크게 한 상 차려주겠다고 호언장담했던 나는 두루미를 초대한 여우 꼴이 되고 말았다.

음식 가려 먹기로는 인도인이 세계 제일일 것이다. 이런저런 이유로 온갖 음식을 입에 대지 않는다. 힌두교를 믿으면 소고기를 안 먹고, 이슬람교를 믿으면 돼지고기를 안 먹고…. 어렸을 때부터 골고루 먹으라는 잔소리를 들으며 자란 한국인은 음식을 귀신같이 가리는 인도인을 보며 그저 놀라기만 할 뿐이다.

인도의 식문화를 설명하려면 인도의 최대 종교인 힌두교에 대해 이야기해야 한다. 간단히 말해서 힌두 사회에서는 깨끗한 음식을 먹으며 정신노동을 하는 직업을 높은 카스트로, 아무거나 먹으면서 육체노동을 하는 직업을 낮은 카스트로 분류한다. 상층 카스트는 그에 걸맞는 식사를 해야 하는데, 일반적으로 채식을 깨끗한 삶을 영위하는 방법으로 여긴다. 더 깊이 들어가 보면 생명의 근원인 뿌리식물을 중시하는 경향까지 있어서 양파나 마늘을 안 먹는 사람도 있다.

고기는 흰 살이 붉은 살보다 깨끗하다고 믿는다. 그래서 가장 문턱이 낮은 게 닭고기이고 그다음이 양고기다. 모두가 알다시피 소고기는 금기시되며 엄격한 힌두교도의 경우 생선도 쳐다보지 않는다.

## 고기에서 똥까지-생명과 에너지의 보고

처음 인도에 갔을 때 가장 놀랐던 것은 소가 도로 한복판에 앉아서 되새김질을 하는 모습과 이를 보고 대수롭지 않다는 듯 알아서 피해가는 운전자들의 아량이었다. 그 모습을 보고 소를 숭배하는 나라에 온 걸 실감했다. 이 생각이 와장창 깨진 건 그로부터 얼마 지나지 않아서다. 그날은 여행자들이 우글거리는 델리Delhi의 네루 바자르Nehru Bazaar라는 시장통을 걷고 있었다. 앙상한 갈비뼈를 드러낸 소 한 마리가 눈치를 힐끗 보더니 긴 혀로 좌판에 있던 양배추를 스윽 감아 꿀꺽 삼켰다. 텔레비전을 보던 주인은 소의 만행을 알아채자마자 솥뚜껑만한 손으로 소의 귀싸대기를 냅다 후려갈겼다. 커다란 얼굴이 휙 하고 돌아갈 정도로 강한 매질에 소는 음매하고 서글프게 울며 인파 속으로 도망쳤다. 채소가게 주인은 소가 사라진 뒤에도 한참이나 욕을 더 했다.

머릿속이 혼란스러웠다. 인도인은 소를 숭배하는 게 아니었어? 고정관념이 깨지자 그동안 무심하게 지나쳤던 풍경이 눈에 들어왔다. 인도 어딘가에는 죽어라 일만 하는 소들이 있었고, 다른 어딘가에는 명절이 되면 알록달록한 색으로 치장하고 반려동물 대접을 받는 소도 있었다.

힌두교가 처음부터 육식을 금지한 건 아니었던 것 같다. 인도의 오래된 경전이나 신화에서 동물 희생제의 흔적을 찾을 수 있으며, 기원전 7~6세기에 석가모니가 동물 희생제를 강하게 비판했던 기록도 확인할 수 있다. 인도의 초대 총리인 자와할랄 네루Jawaharlal Nehru는 이런 말을 했다. "모든 인도인이

인도가 세계 2위의 소고기 수출국이라고

소고기를 먹었다면 10년간은 배부르게 살았을 테지만, 그 이후 인도는 지구에서 사라졌을 것이다."

한국의 전통 사회에서는 우유를 안 마셨으니 소의 쓸모는 노동력과 식량으로 한정되어 있었다. 하지만 인도에서는 우유가 매우 중요한 식재료였다. 보통의 인도인은 매일 아침 우유를 마시면서 하루를 시작한다. 인도의 국민음료인 차이 Chai(인도식 밀크티)를 만들 때도 우유가 필수다. 우유에서 버터와 요구르트를 빼내고 코티지치즈인 파니르Paneer도 만든다. 버터는 그 자체로 식재인 동시에 힌두교 제의의 중요한 공물이다. 또한 드문 일이기는 하지만 소 오줌도 쓸모가 있다. 어떤 이들은 매일 아침마다 소 오줌을 마셔야 건강하게 살 수 있다고 믿으며, 실제로 소 오줌으로 만든 음료가 시판되기도 했다.

소가 죽으면 그 가죽을 벗겨 생활에 이용하며, 심지어 소의 똥은 중요한 연료원이다. 인도는 일부 대도시를 제외하면 대부분의 가정에 도시가스가 보급되지 않는다. 대신 강철통에 든 액화석유가스를 사용하는데 서민이 쓰기에는 값이 비싸다. 그렇다고 나무를 벨 수도 없는 일이다. 10억 명이 넘는 사람이 나무를 땔감으로 쓴다면 아마 몇 년 만에 나무가 사라져버릴 것이다. 그래서 소똥을 말려서 연료로 쓴다. 매년 가을이면 농촌에서는 부녀자들이 소똥을 모으는 일이 연례행사이다. 소가 똥을 싸면 그 똥에 짚을 섞고 손으로 반죽해 넙적하게 편 다음 가을볕에 바짝 말린다. 다 마른 소똥에 불을 지펴 밥을 한다. 대도시지만 전통의 영향이 여전히 강한 콜카타에서는 마른 소똥 한가운데 구멍을 뚫고 새끼줄로 꿰어 팔기도 한다.

## 소라고 다 같은 소가 아니로소이다

고대 인도의 사제 계급은 현대의 성직자와 달리 그 사회에서 거의 유일하게 문자를 해독할 수 있는 지식인이자 학자였다. 이들이 보기에 가뭄이 들거나 먹을 것이 부족하다고 소를 잡아먹는 건 사회의 지속 가능성을 해치는 행위였다. 문제는 눈앞에 배고픔이 닥친 대중을 설득하는 일이었다. "친애하는 농민 여러분. 삶의 지속 가능성이라고 들어보셨습니까? 우리 사회가 영속하기 위해서는 소 도살을 자제해야 합니다. 소로 인해 우리는 안정적인 재화를 공급받을 수 있거든요"라고 말하는 것보다는 "이것들아. 소는 시바신이 타는 신성한 동물이자 우리의 어머니다. 소를 도살하면 나중에 축생으로 태어날지어다"라고 말하는 게 대중을 이해시키기에 쉬웠을 터. 인도의 소 숭배는 이렇게 시작되었다.

세상의 수많은 종교적 금기는 그것이 신성을 더럽히기 때문이 아니라 그 시대의 환경적·위생적 이유로 특정한 행동을 금지하려고 만들어졌다. 다만 그 이유를 과학적으로 설명하기도, 대중을 일일이 설득하기도 어려웠기 때문에 종교의 교리를 덧씌웠을 뿐이다.

어떤 사람은 옆에서 목이 타 죽어가는 사람은 외면한 채 소에게만 물차를 보낸다. 정말로 신성한 소를 구하기 위해 그렇게 하는 경우도 있지만, 대부분은 지역 사회에 자신의 신앙과 부를 과시하려는 의도일 뿐이다.

2014년 총선에서 승리한 모디가 총리가 된 뒤 대부분의 주에서 소고기를 먹거나 판 사람이 처벌을 받았고, 한술 더 떠서 극우주의자들은 죽은 소의 가죽을 처리하는 하층 카스트와 힌두교의 보호 대상에 속하지 않는 물소 도축업자를 향해 폭력을 행사하고 있다. 공공이라는 이름의 정의를 앞세워 대중을 억압하는 일이 세계 곳곳에서 벌어지고 있다. 국가가 사회의 약자를 보호하지 않을 때 폭력은 종교적 순결 등으로 포장되곤 한다. 인도의 상황도 마찬가지다.

그런데 여기에 더욱 놀라운 반전이 하나 있으니, 바로 인도가 전 세계에서 소고기를 가장 많이 수출하는 나라 가운데 하나라는 사실이다.

지금까지 한 이야기는 다 뭐였냐고? 인도에서 보호받는 소는 정확히 말해 '흰 암소'다. 숫소는 거세당한 채 죽을 때까지 노동에 동원된다. 인도가 수출하는 소고기는 물소의 고기인데, 이를 버프buff라고 해서 비프beef와 구분한다. 흰 암소 아래에 거세당한 숫소가 있고 또 그 아래에 물소가 있다. 이렇게 소마저 계급화된 사회가 인도다. 하지만 버프든 비프든 모두 소고기로 치는 국제 기준 덕에 인도는 2018년에도 세계 2위의 소고기 수출국 지위를 지켜냈다.

## 09

주연 배우의 코를 잘라라

## 순결이라는 이름의 감옥

문제가 생겼다. 영화 한 편을 보려면 남북으로 8개 주, 2,700 킬로미터를 가로질러야 한다. 지금 있는 곳에서 이 영화를 봤다가는 살해당할지도 모른다. 나는 이 영화의 주연 배우 디피카 파두콘Deepika Padukone의 팬이지만, 꼬박 3박 4일을 달려서 안전한 극장을 찾아갈 만큼 좋아하는 건 아니다. 이 영화를 보기 위해 길을 떠나야 할까, 아니면 관람을 포기해야 할까?

2018년 1월 영화 〈파드마바트Padmaavat〉가 인도에서 개봉했을 때 내 앞에 닥친 상황은 이랬다. 영화를 제작할 때 극우파들이 몰려들어 세트장을 부수는가 하면, 개봉을 앞두고 인도의 4개 주에서 영화 상영 금지 가처분 결정을 내렸을 만큼 큰 파장이 일었다.

북부 지역은 난장판이 됐다. 라자스탄, 구자라트Gujarat, 하르야나Haryana, 마디아프라데시Madhya Pradesh 등 북서부 4개

주에서는 영화 상영을 막기 위한 폭력적인 소요가 발생했고, 경제 도시 뭄바이Mumbai가 속한 마하라슈트라Maharashtra주는 원래 극우파가 강한 지역이라 안심할 수 없었다. 그 외에도 여러 주를 이런저런 이유로 제외하고 나니 안전하게 〈파드마바트〉를 볼 수 있는 곳은 인도 남부뿐이었다. 특히 종교 문제가 발생할 때마다 쿨하게 반응해온 케랄라주가 가장 안전할 것 같았다. 하지만 케랄라는 힌디어(인도유럽어족의 인도·이란 어파에 속한 언어. 인도 헌법이 정한 공용어)권이 아닌 말라얄람어(드라비다어족에 속한 언어. 인도의 서남단 케랄라주와 그 인접 지역에서 사용하는 공용어)권에 속한다. 인터넷으로 케랄라주의 극장을 샅샅이 뒤진 끝에 에르나쿨람Ernakulam의 한 극장에서 영화를 상영하고 있음을 확인했다.

인도 어디에나 극우파가 있다. 그 탓에 나는 2,700킬로미터를 달려 내려왔음에도 안심할 수 없었다. 매표소에 줄을 설 때부터 신경이 곤두섰다. 인도에서는 극장에 짐을 가지고 들어갈 수 없다. 모두 보관함에 맡겨야 하는데, 평소에는 누가 내 가방에 손을 대지 않을까 하는 걱정에 예민해지기 일쑤였다. 하지만 이날만큼은 이 제도가 믿음직스러웠다.

문제의 영화는 역사물, 정확히 말하면 실제 전쟁을 모티브로 한 서사시를 영화화한 작품이다. 인도 서북부의 라자스탄주는 그 이름을 한국어로 해석하면 '왕들의 땅'이다. 과거에 이 지역에 크고 작은 왕조 여러 개가 오밀조밀하게 붙어 있었기 때문에 생긴 이름이다. 북부에서는 유일하게 이슬람의 지배를 받지 않은 덕에 힌두의 전통 문화가 남아 있고, 그 영향으로 오늘날 인도에서 가장 보수적인 지역 중 하나다.

영화의 배경은 14세기, 라자스탄의 여러 부족 국가가 힘을 합쳐 델리의 이슬람왕조에 맞서던 시절이다. 적국 왕비의 아름다움에 반한 술탄이 그녀를 차지하기 위해 전쟁을 일으켰다는 줄거리는 대부분 후대에 지어낸 이야기이다. 델리의 술탄은 코앞에서 저항하는 라자스탄의 무사 민족이 눈에 거슬렸지만 라자스탄은 끝내 굴복하지 않았다. 이후 인도를 지배한 무굴제국은 라자스탄을 무력으로 정벌하는 대신에 그들과 정략결혼 하는 방식을 택했고, 영국도 라자스탄만큼은 직접 지배하려 들지 않았다. 그만큼 라자스탄 사람들은 끈질겼다.

실제 역사와 달리 서사시에서는 델리의 술탄이 승리하고 힌두의 왕비에게 청혼한다. 하지만 왕비는 스스로 불 속에 뛰어드는 사티sati(시바 신의 아내. 인도 신화에 따르면 자신의 아버지인 다크샤가 남편인 시바를 무시하고 모욕하자 스스로 산 제물이 되어 불에 뛰어들었다. 이후 남편이 죽으면 아내를 함께 태워 죽이는 풍습이 생겼고 이 또한 사티라 부른다)를 감행해 죽음을 선택한다. 힌두교는 파드마바트 서사시에서 이교도 왕의 청혼을 거절하고 분사한 왕비의 기개에 순결이나 정결 따위의 단어를 덧입혔다.

영화 〈파드마바트〉의 제작이 처음 발표되었을 때 사티를 찬양하는 내용이 담기는 걸 우려한 여성계가 일제히 걱정을 쏟아냈다. 이 풍습은 여성에게 순결을 강요하는 강력한 장치가 되어 오랫동안 인도 여성을 억압했다. 식민 지배 당사국인 영국의 과장이 섞였을지도 모르지만, 1829년에 사티 금지법이 발효된 후에도 벵갈Bengal주에서만 해마다 600여 명의 사티 피해자가 발생했다고 한다. 오랫동안 이를 금지하려는 노력을 지속한 결과 1987년의 마지막 사티를 끝으로 공식적으로는 더 이상 발생하지 않고 있다. 연방정부는 마지막 사티를 계기로 사티는 물론 이를 찬양하거나 권고하는 행위까지 처벌할 수 있는 광범위한 사티 금지법The Commission of Sati(prevention) ACT을 발효했다. 지금도 인도에서는 남편이 죽으면 홀로 남은 부인이 "사티를 못 하는 게 천추의 한이다"라고 말하는 걸 예의로 여긴다. 이 상황에서 볼리우드Bollywood(봄베이와 할리우드의 합성어로, 양적으로 세계 최대를 자랑하는 인도의 영화 산업을 일컫는다)에서 만든 블록버스터 영화에서 사티를 숭고하게 묘사한다면 보수화되고 있는 인도 사회에 잘못된 신호를 줄 수 있다.

## 영화를 둘러싼 해프닝의 무게

문제는 엉뚱한 곳에서 터졌다. 극우 힌두 단체인 스리 라지푸트 카르니 세나Shri Rajput Karni Sena가 영화의 한 장면을 문제 삼았다. 단체는 술탄이 파트마바트와 사랑을 나누는 꿈을 꾸는 장면이 힌두교를 모독했다고 주장했다. 불길에 몸을 던진 힌두교 왕비가 꾼 꿈도 아니고, 침략자인 이슬람 술탄이 자신의 꿈속에서 사모하는 여인과 사랑을 나누었을 뿐인데 그게 힌두교를 모독했다는 논리였다. 사실이 아닌 허구라 해도 성녀를 모독하는 건 용납할 수 없는 걸까?

　문제는 대중이 카르니 세나의 주장에 반응을 했다는 점이다. 급기야 사건은 감독과 제작자, 그리고 연기를 거부하지 않은 여배우가 모두 힌두교를 모독했다는 식으로 흘러갔다. 몇몇 극우 정치인은 한술 더 떠 주연 배우의 코를 베어오거나 감독의 목을 잘라오면 1억 루피를 주겠다며 현상금을 내걸었다. 참고로 코를 베는 행위는 인도의 또 다른 서사시 라마야나Ramayana에서 나왔는데, 마녀에게 가한 형벌의 일종이다.

　기세등등한 극우파의 난동에 리버럴 좌파로 분류되는 야당 국민회의조차 우왕좌왕했다는 건 현재 인도의 정치가 얼마나 극단주의에 휘둘리고 있는지 잘 보여준다.

　북인도 4개 주의 영화 상영 금지 조치는 연방대법원에 의해 기각됐다. "영화의 자유로운 구성은 언론과 표현의 자유에 해당한다. 국가는 영화의 상영을 금지할 수 없다"는 게 기각의 이유였다. 영화는 2017년 12월 1일 인도와 일본 등 주요 국가에서 동시에 개봉하는 것을 목표로 했지만, 2018년 1월 대법원의 판단이 나올 때까지 개봉이 한 달 이상 연기됐다.

영화 개봉 후 카르니 세나가 주장한 꿈속 장면 자체가 본편에 등장하지 않는다는 점이 밝혀지며 극우파의 분노도 누그러졌다. 애초부터 루머에서 비롯된 해프닝이었다. 의혹이 불거졌을 때 감독은 그런 장면이 없다고 언론에 이야기했지만 아무도 그의 말을 듣지 않았다. 결국 이 사건은 믿고 싶은 것만 믿는 대중과 그걸 이용하는 가짜 뉴스가 만들어낸 전형적인 블랙 코미디였다.

참고로 카르니 세나가 이런 방식으로 시비를 걸고 소요를 만들려고 한 건 이번이 처음이 아니다. 중요한 건 과거에는 그런 시도가 실패했는데 이번에는 성공했다는 점이다. 과거와 현재 사이의 차이를 찾는다면, 전에는 리버럴 좌파가 집권했고 지금은 극우파가 집권하고 있다는 점이랄까.

2017년 1월 20일 도널드 트럼프Donald Trump가 미국 대통령에 취임하면서 미국에서 혐오 범죄가 다시 기승을 부리기 시작했다. 실제로 미국 남부빈곤법률센터Southern Poverty Law Center의 자료에 의하면 트럼프가 당선된 직후 흑인, 이민자, 무슬림에 대한 혐오가 20~60퍼센트 증가했다. 이들은 어느 날 갑자기 하늘에서 뚝 떨어진 사람이 아니다. 원래 그런 생각을 갖고 있었지만 버락 오바마Barack Obama 시절에는 사회 분위기상 말하거나 행동하지 못했던 이들이 트럼프가 당선되자 더

영화 없는 영화관

이상 생각을 숨기지 않게 된 것일 뿐이다. 어떤 정부가 들어서고, 그 정부가 사회에 어떤 메시지를 주는지는 이래서 중요하다.

2014년 나렌드라 모디가 총리가 된 이래, 인도는 신자유주의자들이 환호하는 투자하기 좋은 나라가 되었다. 하지만 사회 저변을 채우고 있는 여성과 하층 카스트, 그리고 인도 안의 가장 큰 소수자 집단인 무슬림에게는 고통스러운 나날이 이어지고 있다. 현재 인도에서는 카르니 세나의 선동이 대중의 지지를 받고, 사티 찬양이 표현의 자유로 포장되고, 영화한 편이 정치·사회적 목적에 이용되어 대중의 공격을 받는 등혼란이 날로 심해지고 있다. 이것이 비단 인도에 국한된 상황이 아니라는 사실에 두려움을 느낀다.

마지막으로 〈파드마바트〉는 전 세계에 수출되었는데, 말레이시아를 비롯한 몇몇 이슬람 국가에서는 상영 금지 처분을 받았다. 영화가 델리의 술탄을 개망나니로 묘사하여 이슬람을 모독했다는 이유였다. 살다 보면 가끔씩 역사가 발전하고 있다는 걸 의심하게 하는 일을 겪게 된다.

#10

아리가토 카레

## 인도-영국-일본으로 이어진 카레 로드

2017년, 우리나라로 치면 판교쯤이라 할 수 있는 델리의 위성 도시 구르가온Gurgaon시 중심부에 일본어 입간판이 등장했다. 입간판에는 '감사합니다'라는 뜻의 일본어 '아리가토ありがとう'가 크게 적혔다. 또한 아래에는 인도의 국어 격인 힌디어와 영어, 일본어로 '이렇게 맛있는 카레를 전수해주셔서 고맙습니다'라는 글이 작게 적혀 있었다. 간판이 설치된 날 일본어를 모르는 구르가온 시민들은 그저 이상한 간판이 하나 생겼다고 여겼지만, 다음 날 인도 언론이 일제히 기사를 쏟아내며 화제가 되었다.

　아시아에서 가장 먼저 근대화에 나선 일본은 타 지역의 문화와 문물을 재빠르게 받아들였는데, 그중에는 카레의 전래도 포함된다. 일본에서 카레라는 말은 1만 엔 지폐의 모델인 후쿠자와 유키치福澤諭吉가 1860년에 쓴 (당시로서는 거의 유일한) 영어사전 『증정화영통어增訂華英通語』에 처음 소개되었다. 미국에 잠시 머물다 온 당시 20대의 후쿠자와 유키치는 카레가 요리의 한 종류라는 사실까지는 몰랐던 것 같다. 사전에 '커리Curry' 항목을 '굽다Bake'와 '삶다Boil' 같은 조리법의 일종으로 분류했고, 심지어 뜻풀이도 없이 단어만 넣어놓았기 때문이다.

진짜 카레를 처음으로 본 일본인은 3년 후에 등장한다. 막부의 사절단이었던 미야케 히이즈三宅秀는 요코하마항에서 프랑스로 향하는 배에 올랐다. 긴 여행, 가뜩이나 뱃멀미도 괴로운데 프랑스식 식사가 일본인 입에 맞을 리 없었다. 그즈음 미야케는 인도인이 밥 먹는 모습을 목격했다. 그가 남긴 항해 일기에는 "밥에 고추를 잘라 올리고, 질퍽대는 고구마 같은 걸 뿌린 뒤 손으로 먹었는데, 아주 더러워 보였다"라고 적혀 있다. 질퍽대는 고구마는 렌틸콩 스튜인 달Dal이었을 것이다. 미야케는 이 지저분한 음식이 100년 후 일본의 국민 요리가 되리라고는 꿈에도 생각하지 못했을 것이다.

이로부터 20년이 지난 어느 날, 메이지 천황과 이토 히로부미가 현재의 도쿄 메이지기념관에서 식사로 카레를 즐겼다는 기록이 있다. 일본의 카레 보급은 그들의 근대화 속도만큼이나 빠르게 이루어졌다. 그 시작은 일본제국이 당대의 강대국인 영국의 모든 것을 따라하면서부터였다는 설명이 정설이다. 2차 세계대전 때는 카레가 일본 해군의 주식으로 보급됐다.

인도에서 영국을 거쳐 일본으로 유입된 뒤 한국에 전해진

샛노란 '카레'와 인도인이 먹는 '커리'는 조리법이 꽤 다르다. 일본 카레는 녹말을 첨가해 국물을 걸쭉하게 만드는 반면, 인도 커리는 양파나 토마토 퓨레를 베이스로 만든다. 즉 인도 커리의 걸쭉함은 모두 채소를 가열하면서 생긴 점성이다. 인도 커리 한 그릇을 먹으면 양파와 토마토 한두 개씩을 섭취한 셈이니 이 요리를 건강식이라고 부르는 이유가 여기에 있다.

참고로, 구르가온 시내에 붙은 '아리가토' 입간판은 카레가 아닌 커리에 대한 찬양이다. 우리가 마트에서 파는 카레와 인도 음식점의 커리를 서로 다른 음식으로 여기듯, 일본에서도 카레와 커리를 구분한다. 그렇다면 영국에서 전래된 카레가 아닌 인도 커리는 언제 일본으로 전파되었을까?

## 독립투사, 인도의 맛을 알리다

인도 커리가 일본으로 전파된 이력을 찾기 위해서는 뜻밖에도 인도 독립운동사를 살펴봐야 한다. 인도 독립운동을 주도한 최대의 민족 단체인 인도국민회의는 1885년에 창설되었다. 국민회의는 일본의 식민 지배 자체를 부정한 대한민국 임시정부를 비롯한 한국의 독립운동 세력과는 출발선이 달랐다. 국민회의의 초기 활동을 보면, 영국인 관료를 만나 민원을 청구하고 총독부에 시정 개선을 요구하는 친영 단체에 가까웠다. 심지어 우리가 비폭력의 상징으로 추앙하는 간디Mahatma Gandhi는 1차 세계대전 당시 영국이 인도의 자치권을 약속하자 인도 청년의 영국군 입대를 권유하는 전국 유세에 나섰을 정도다.

그러다 보니 인도에서는 1940년대 초까지만 해도 고작 '영국 물러가라'라는 구호가 과격파의 상징으로 여겨졌다. 국민회의는 "그런 과격한 발언은 인도의 미래에 도움이 되지 않는다"라고 독립을 요구하는 국민을 질타했다.

물론 모든 인도인이 영국의 지배에 우호적인 것은 아니었으니, 그중 대표적인 인물이 라시 비하리 보세Rash Behari Bose이다. 그는 일찍이 1912년에 인도총독 찰스 하딘지Charles Hardinge에게 폭탄을 던져 부상을 입히는 등 무력 투쟁을 감행했다. 그에게는 당시 돈 1만 2,000루피의 현상금이 걸렸다. 보세는 인도를 탈출했고, 타고르Robindranath Tagore의 친척과 함께 1915년 일본에 도착했다.

참고로 당시의 일본은, 우리에게는 어이없는 일이지만, 꽤 많은 아시아 독립운동가의 은신처 역할을 했다. 신해혁명의 주인공인 쑨원孫文도 위안스카이袁世凱의 독재에 맞서 일본에서 망명 생활을 하고 있었다. 일본과 동맹을 맺고 있던 영국은 식민지 인도에서 사고를 친 보세를 영국으로 추방하라고 요구했지만, 보세는 일본의 소위 아시아 독립 주창자—이들이 만든 개념은 후일 군부에 의해 대동아공영권으로 변질된다—들의 도움을 받아 나카무라야中村屋라는 식당 겸 빵집의 다락방으로 몸을 피했다.

세상일이란 참 묘해서, 인도 망명객은 나카무라야 식당의 딸과 사랑에 빠졌다. 1918년 보세는 일본인 토시코俊子와 결혼한 뒤 아예 귀화했다. 보세의 고향인 벵갈 지역의 정통 커리가 나카무라야에 전파된 것도 바로 이즈음이다. 보세는 영국을 거쳐 일본으로 들어온 인도 커리가 값싼 대용식 카레라이스가 된 상황에 격분하여 진짜 인도의 맛을 알리겠다며 잠시 독립운동도 접고 직접 주방을 맡았다. 이렇게 해서 1927년 나카무라야에서 처음으로 인도 커리를 팔기 시작했다.

## 역사를 바라보는 두 개의 시선

1927년을 인도 커리의 일본 전파 원년으로 삼았을 때 구르가온 시내에 아리가토 입간판이 설치된 2017년은 그로부터 90년째 되는 해이다. 지금도 번성 중인 신주쿠의 나카무라야는 2017년을 맞이해 단야밧(감사합니다) 커리 캠페인을 시작했다. 일본의 커리 덕후들은 이 기회에 인도에 직접 감사의 뜻을 전하자며 십시일반 돈을 모아 인도에 입간판까지 설치하였으니, '아리가토 커리'는 일종의 팬클럽 광고라고 볼 수 있다.

조국의 독립을 위해 일본으로 건너간 혁명가와 그를 둘러싼 이러저런 이야기는 20세기 초 일본의 또 다른 모습을 잘 보여준다. 이후 군국주의의 길로 접어든 일본의 현대사를 생각하면 뒷맛이 개운하지 않다.

참고로 아리가토 커리 광고를 본 인도인들은 '츤데레'라는 일본어를 알게 되었다. 한 인도 언론이 무심한 척 뜬금없이 기대하지 않은 일을 벌이는 일본식 친절을 츤데레라고 부른다고 전했기 때문이다.

보세는 2차 세계대전이 발발하자 싱가포르로 건너가 일본군 포로가 된 인도 출신의 영국군을 규합했고, 이들로 구성된 인도국민군을 이끌며 일본이 주도한 대동아회의에 인도 측 옵서버로 참여했다. 보세의 입장에서는 인도 독립운동에 투신한 것이었지만, 세계사적 관점에서 보았을 때 그는 일본 제국주의가 표방한 대동아공영권의 외국인 지지자에 불과했다.

그는 1945년 1월 인도의 독립과 일본의 패전을 보지 못한 채 사망했고, 일본에서 낳은 장남 마사히데 보세防須正秀는 일본군에 종군하던 중 1945년 6월 악명 높은 오키나와 전투에서 사망했다. 여러모로 자신의 의지와 다른 아이러니한 인생을 살았던 셈이다.

그러나 우리가 진짜 눈여겨봐야 할 대목은 이 이야기의 끝에 있다. 인도 정부는 보세가 비록 2차 세계대전 때 일본군 소속이기는 했지만 그의 활동은 독립운동에 해당한다고 인정했다. 그 결과 1967년 보세를 기리는 기념우표가 발행되었다. 대한민국 독립운동사의 가장 유명한 무장 투쟁론자였던 약산 김원봉을 월북했다는 이유로 독립 유공자로 인정하지 않는 한국에서 보니 보세 기념 우표는 참 별세계의 일처럼 느껴진다.

## 11

# 인도발 급행열차의 종착역은 어디일까

## 국제 뉴스의 보도 가치

2012년 12월 뉴델리에서 한 여성이 집단 강간을 당한 뒤 패혈증으로 사망하는 사건이 발생했다. 사건 자체도 잔인하기 그지없었지만, 그런 사건이 수도 한복판에서 벌어졌다는 사실에 수많은 사람이 분노했다. 인도는 워낙 거대하고 인구가 많은 나라라 그동안 성폭행 사건에 민감하지 않았지만, 이번만큼은 언론도 달리 대응했다. 분노한 시민 수만 명이 대통령궁 앞에서 연좌시위를 벌이며 정부의 대책을 요구했고, 생전 처음 보는 시민권 요구에 화들짝 놀란 인도 정치권은 시민들에게 제도 개선을 약속했다.

그 후 개선된 제도는 크게 두 가지다. 우선 정부는 성폭행 피해자가 사망할 경우 가해자의 최대 형량을 사형으로 상향조정했다. 그리고 성폭행 사건을 전담하는 '신속 재판부'를 설치했다. 특히 두 번째 조치인 신속 재판부는 1심 재판에 소요

되는 기간이 평균 3년, 3심까지 가면 10년이 족히 걸리던 그동안의 관행을 감안했을 때 파격적인 조치였다.

그런데 우리는 2012년 이후 인도 사회가 일군 발전적 변화에 대해서 제대로 알지 못한다. 왜 그럴까? 이런 기사는 포털 사이트의 조회 수에 도움이 안 되는지 어느 곳에서도 보도하지 않기 때문이다.

물론 제도가 바뀌었다고 강력 성범죄가 사라진 것은 아니다. 그 뒤로도 뉴스에서 인도의 강간 사건을 여러 번 접할수 있었다. 이는 정확하게 말하면 한국의 언론이 과거에는 눈여겨보지 않던 사건에 이제야 관심을 가졌기 때문이다. 내막을 살펴보면, 뉴스에서 자꾸만 인도에서 발생한 강간 사건을 보도하자 사람들은 비슷한 사건이 빈발하는 인도에 분노하기 시작했고, 그 분노로 인해 인도에 대한 관심이 증가하면서 언론의 입장에서는 인도발 국제 뉴스의 보도 가치가 커진 것이다.

### 화장실이 늘어나니 성범죄가 줄어들었다

2014년 6월 인도의 모디 총리는 "힌두 사원보다 화장실을 먼저 짓겠다"는 다소 이색적인 발언을 했다. 이는 같은 해 5월 인도 북부 비하르주에서 한밤에 들판으로 용변을 보러 간 14세, 17세 사촌 자매가 성폭행을 당한 후 살해된 사건에 대한 대응 조치였다.

처음 인도를 방문했을 때 나는 길에서 스스럼없이 용변을

보는 사람들을 보고 큰 충격을 받았다. 인도 북부의 묘미는 기차 여행이다. 이른 아침 찌뿌둥한 몸을 일으킨 뒤 인도식 밀크티인 차이를 한 잔 마시며 열차의 창문을 열면, 가장 먼저 철로 변에 앉아서 용변을 보는 마을 사람들이 보였다. 더럽다고? 아니다. 이것은 무척이나 자연스러운 일이다. 깨끗한 거리에서 미친놈 한 명이 엉덩이를 깐 게 아니라, 거대한 무리가 주저앉아 어떤 이는 진지하게, 또 다른 이는 옆 사람과 얼굴을 맞대고 수다를 떠는 풍경은 그 자체로 거대한 행위예술, 혹은 인도 특유의 종교 의식처럼 느껴질 정도로 장엄했다. 어느 해변 도시에서는 이른 아침마다 마을 주민이 모두 해변으로 나와 볼일을 본다. 그날 낮에 바닷가에 간 나는 깨끗하게 정리된 해변을 발견하고 파도의 힘이 얼마나 위대한지 새삼 깨달았다.

　기찻길이나 해변에서 집단 배변을 하는 이유는 사람의 분
비물은 더럽다고 믿는 힌두교의 전통과 온갖 변을 한데 모았
을 때 발생할 수 있는 위생상의 문제, 아직 미비한 상하수도
시설 등이 겹쳐지면서 집 안에 화장실을 설치한 경우가 드물
기 때문이다. 통계에 의하면 전체 주택 가운데 48퍼센트는 화
장실이 없다. 델리에서도 엉덩이를 깐 사람을 심심찮게 볼 수
있고, 노상방뇨는 흔하디흔한 일이다.

　총리의 화장실 발언이 나오자마자 인도 정부는 팔을 걷고
나섰다. 이른바 '화장실 건설 보조금 사업'을 시작한 것이다.
화장실을 설치하는 가정에 1만 2,000루피를 국가가 보조하
기로 했다. 재미있는 점은 선금을 주면 떼어먹을 가능성이 있
기 때문에 화장실을 다 지으면 돈을 지급하는 후불제 방침을
정한 것이다. 어쨌든 그로부터 5년이 지난 현재 인도에는 약
9,000만 개의 화장실이 새로 생겼다. 모두가 걱정했던 물 부
족 문제는 냄새가 나지 않는 개량형 푸세식 화장실(인도에서는
고상하게 친환경 화장실Eco Friendly Toilet이라고 부른다)로 극복했다.

　마치 전쟁을 치르듯 정부가 주도하여 달성한 9,000만 개
의 화장실이 모두 제대로 작동하는지를 의심하는 사람도 있지
만, 어쨌거나 화장실의 수가 비약적으로 늘어났다는 점만큼
은 이론이 없다.

　놀라운 사실은 같은 기간에 여성 대상 성범죄의 수가 줄
어들었다는 점이다. 사실 나는 모디 총리의 화장실 건설 연
설을 듣고 누구보다 크게 박장대소했다. 연일 쏟아지는 성폭

행 보도에 대책을 내놓아야 하는데 마땅한 방법은 없고…, 그러다 고육지책으로 꺼낸 게 화장실이라니 어찌 궁색하지 아니한가. 하지만 5년 뒤에 확인한 통계 앞에서 나는 부끄러움을 느꼈다. 그동안 인도에 대해 꽤 안다고 떠들고 다녔는데, 나조차도 그들의 현실을 제3자의 눈으로 바라봤음을 인정하지 않을 수 없었다.

## 인도는 변하고 있을까

최소한 이 질문만큼은 제대로 대답할 수 있다. 충격적인 성범죄를 경험한 뒤 인도는 두 가지 사법 제도를 보완했고, 위생 시설의 확충을 통해 성범죄의 근원을 제거하고 있으며, 앞에서 소개한 케랄라의 사바리말라 사원에서 봤듯이 여성의 기본권이 비약적으로 강화되고 있다. 최근에는 민간의 변화도 두드러진다. 인도에서 광범위하게 벌어지는 인신매매의 현실을 폭로하는 킥스타터 게임 〈미싱Missing〉 프로젝트가 대표적이다.

　인도의 사진작가 리나 케즈리왈Leena Kejriwal은 인도 성매매 산업의 구조를 폭로하기 위해 게임을 만들었다. 르포 기사나 다큐멘터리가 아니라 게임으로 세상의 부조리를 알린다는 혁신적 아이디어가 놀라웠다.

　게임은 약물 때문에 기억을 잃고 납치당한 주인공이 성매매 업소에 팔려오면서 시작된다. 게임의 시나리오와 배경은 실제 인신매매를 당했다 탈출한 여성의 증언을 바탕으로 만들어졌다. 플레이어는 거리에 나가 남성을 유혹해 돈을 벌어야 한다. 도망가다 잡히면 끌려와서 폭행을 당한다. 게임 속 포주는 하루 할당량을 제시하고 이 금액은 매일 오른다. 금액을 채우지 못하면 또 끌려와 폭행을 당한다. 화면이 암전되고 구타 소리만 들릴 때면 플레이어는 신경이 예민해진다.

고작 게임이 성매매 산업의 부조리를 일깨울 수 있을까? 〈미싱〉은 우려를 깨트리고 원래의 목적을 이뤘다. 2017년 인도 앱스토어 게임 부문에서 1위를 기록하며 수천 개의 리뷰가 달렸는데, 특히 남성들이 남긴 후기가 인상적이다. "여성의 입장이 되고 보니 매우 불쾌하더군요. 게임이 조금이나마 성매매에 대한 심각성을 일깨워주었다고 생각합니다." 나아가 게임을 접한 남성들이 성매매를 하지 않겠다는 선언을 하거나 인신매매와 성매매 업소 이용 반대 시위를 벌이기도 했다. 게임 하나가 거대한 부조리의 벽에 작은 균열을 낸 셈이다.

수년째 지지부진한 한국의 차별금지법 제정 문제와 비교한다면 인도 사회의 약진은 눈부시다. 이 수많은 변화에도 불구하고 한국 뉴스에는 늘 인도의 성폭력 사건만 보도된다. 그런데 여기에도 아주 중요한 행간이 있다. 2012년 12월 뉴델리에서 발생한 강간 피해자 사망 사건 당시 각 언론사 여성 기자의 눈부신 활약이 이제야 회자되고 있다. 여성의 강간 피해에 무감각했던 인도 언론을 움직인 건 바로 그들이다. 그 결과 언론이 눈을 떴고 시민이 봉기했으며 정부가 행동하기 시작했다. 많은 사람이 시민의 권리를 요구하고 여성에게 강제된 부당함을 함께 인식했다. 이 모든 노력이 더해져 침묵으로 일관해온 성폭력, 강간 사건에 비로소 보도 가치가 부여된 것이다.

지금 한국에 쏟아지고 있는 인도의 성폭력 뉴스는 인도 사회가 올바른 방향으로 나아가고 있음을 증명하는 목소리이자 더 이상은 안 된다는 절규다. 이 소란은 인도가 건강해지고 있다는 더없는 증거다. 우리 시민 사회는 인도를 향해 강간의 왕국이라고 손가락질만 할 게 아니라, 그들과 연대할 수 있는 길을 모색해야 한다. 인도의 변화에 침묵으로만 답하지 말자는 이야기다.

## 12

# 장수마을의 몰락

## 이상한 장수의 비결

서른에 취직해서 쉰 전에 정리해고 당하는 게 일상인 나라에서 100세 시대가 무슨 의미가 있을까? 하지만 사람들은 평균 수명과 장수에 집착하고, 장수하는 사람이 많을수록 살기 좋은 나라라고 생각한다. 그래서인지 유제품이나 영양 식품 광고에 장수마을이 곧잘 보이고, 어떤 여행지는 아예 그곳이 장수 지역이라는 점을 주요 자원으로 내세우기도 한다.

우리의 생각과 달리 전 세계 장수 지역의 순위는 때에 따라 꽤나 출렁거린다. 요즘의 통계를 찾아보면 우리가 흔히 아는 장수 국가는 순위표의 저 아래로 처져 있고 전혀 예상치 못한 지역이 상위권에 우뚝 서 있는 걸 볼 수 있다. 언론이 게으른 탓인지, 혹은 특정한 제품의 마케팅 때문인지 최신 정보는 대중에게 제대로 전달되지 않는다. 가짜 뉴스가 문제인 시대지만, 자세히 살펴보면 가짜 뉴스만큼이나 심각한 게 유통기

한이 지나 의미를 상실한 정보를 반복 재생산하는, 소위 '상한 뉴스'다.

오키나와는 오랫동안 장수의 대명사로 여겨졌다. 실제로 오키나와현은 1995년에 2차 세계대전 종전 50주년을 기념해 오키나와를 '세계 장수 지역'으로 선언했다. 응? 대체 왜? 이 선언은 예나 지금이나 일본에서 가장 낙후한 오키나와가 경제 위기를 타개하기 위해 찾은 돌파구였다. 지금도 오키나와현 종합운동공원 한쪽 구석에 "자연과 공생하고 다른 문화를 존중하며 사회적 약자와 함께 나아가는 문화를 가진 오키나와는 평화의 고귀함을 알리고 인류 행복의 길잡이가 되기 위해 오키나와현을 세계 장수 지역으로 선언한다"라는 글귀가 적힌 〈장수 선언비〉가 있다.

일본에서 오키나와가 장수로 주목받은 것은 1980년으로 거슬러 올라간다. 오키나와는 이해에 발표된 후생노동성 인구 통계에서 남녀 공히 평균 수명 1위에 이름을 올렸다. 당시는 오키나와가 미국에서 일본으로 반환된 지 10년이 지나지 않았을 때다. 언론은 1980년의 인구 통계에 별다른 반응을 보이지 않았다. 하지만 1985년 조사에서도 오키나와가 남녀 평균 수명 1등을 차지하자 비로소 주목하기 시작했다. 그러면서 온화한 기후, 건강한 식생활, 친밀한 인간관계가 그들의 장수 비결이라고 했다.

1990년과 1995년에 실시한 인구 통계에서 여성은 평균 수명 1위를 지켰지만, 남성은 4위와 5위로 순위가 하락했다. 장수마을 신화에 금이 가기 시작한 것이다. 하지만 미디어와 대중은 위험 신호에 관심을 주지 않았다.

오키나와의 장수 신화는 딱 여기까지였다. 2000년의 통계가 발표되자 일본 전역은 충격에 빠졌다. 오키나와 남성의 평균 수명이 47개 도도부현 가운데 26위로 떨어졌기 때문이다. 일본 언론은 이를 '26 쇼크'로 불렀다. 가장 최근 자료인 2015년 인구 통계 조사에서는 상황이 더욱 악화되었다. 남성은 36위, 여성도 7위로 내려앉은 것이다.

더 심각한 문제는 건강수명이다. 이것은 살아 있는 동안 병에 걸리지 않고 건강하게 생활할 수 있는 기간을 말하는데, 오키나와 남성은 47개 도도부현 중 꼴찌인 47위, 여성은 46위로 나타났다. 심지어 오키나와는 영유아 사망률과 35~44세 사망률 전국 1위, 30~44세 청년과 85세 이상 노인의 사망 원인 중 자살이 차지하는 비율도 전국 1위다. 65세 이하 남녀 주민의 사망률까지 전국 1위로 밝혀졌다. 무사히 70세를 넘긴다면 모를까, 일흔이 되기 전 중장년 시기에 조기 사망하는 사람이 가장 많은 지역, 심지어 그중 다수가 스스로 목숨을 끊는 섬이 오키나와인 것이다.

### 상식과 실제의 차이는 언제나 존재한다

일본 정부와 언론은 분주해졌다. '세계 장수 지역'을 선언한 지 불과 20년 만에 제명에 못 사는 지역이 된 것 아닌가. 대체 무슨 이유일까? 언론은 사망률이 급증한 현재의 60대가 전후 세대라는 점에 주목했다. 미국령 오키나와 시절을 거치면서 오키나와의 전통 문화와 식습관이 파괴되었고, 그 결과 점령 이전에 태어난 세대는 장수를 누린 반면 미군정기에 태어난 사람은 단명한다는 논리였다. 그런데 이 설명은 미군이 섬을 점령하기 직전에 전화에 휩싸인 오키나와에서 전체 주민의 3분의 1이 전투와 폭격, 또는 강요된 자살로 사망했던 전전 세대의 역사는 잊어버린 것일까.

일본의 주류 언론은 장수 신화가 몰락한 원인으로 미국산 가공식품을 꼽았다. 하지만 오키나와 현지의 목소리는 이와 사뭇 다르다. 오키나와의 시민 사회 단체는 오키나와가 처한 빈곤에 주목하지 않으면 문제를 바로 볼 수 없다고 지적한다. 가공식품? 그게 몸에 안 좋다는 걸 누가 모를까. 문제는 그걸로 연명할 수밖에 없는 사회 현실이다.

오키나와 지역의 높은 자살률은 생계 곤란에서 비롯되었다. 즉 가난의 끝에서 견디다 못한 청년과 노인이 자살을 택했다는 이야기다. 한국과 달리 일본은 지역마다 최저임금이 다르게 책정된다. 2018년 기준으로 도쿄는 시간당 985엔(한화 약 10,500원)이지만 오키나와는 760엔(한화 약 8,000원)으로 차이가 상당하다. 그나마 최근 몇 년간 급하게 100엔을 인상한 게 이 정도다. 마땅한 산업 시설이 없는 오키나와에서 최저임금은 최저가 아닌 통상임금이며 그마저도 일자리가 귀하다. 아베 정부는 지금 일본은 실업률 제로 시대라고 주장하지만 오키나와의 풍경은 무척 다르다. 오키나와 사람들의 이야기대로 장수마을 오키나와의 몰락은 빈곤 문제를 떼놓고는 설명이 불가능하다.

　　최근에 장수 지역으로 꼽히는 지역에는 뚜렷한 공통점이 있다. 의료 수준과 사회보장 제도가 장수를 견인하고 있다. 한때 장수 지역으로 각광받으며 한국 유제품 광고에 혁혁한 공을 세웠던 불가리아는 2018년 통계에서 전 세계 222개국 중 110위에 그쳤다. 반면 같은 자료에서 1위는 홍콩이 차지했다. 전원적인 풍경과 채식을 장수의 필수조건으로 믿는 사람들에게 꽤나 충격적인 결과였다. 심지어 '헬조선'이라 불릴 만큼 삶이 퍽퍽하고, 그런 일상을 짜고 매운 음식을 먹으며 견뎌내는 대한민국은 기대수명 부문에서 남녀 공히 세계 1위를 달성했으니 이게 도대체 무슨 일이란 말인가. 그 이유는 홍콩의 수준 높은 노인 복지와 한국의 강력한 의료보험 체계 때문으로 분석된다. 하지만 상식과 다른 불편한 진실은 늘 외면되거나 비중이 축소되기 마련이다. 삭막한 메트로폴리스 홍콩과 헬조선 한국이 장수 국가라는 통계는 별다른 주목을 받지 못했다.

상식과 실제의 차이는 언제나 존재하고, 무엇보다 꽤 넓고 깊다.

## 13

환상 속의 미야코 소바

## 투르판 식당의 신기루

투르판吐魯番이라는 지역이 있다. 중국 신장위구르新疆維吾爾자치구 톈산산맥 동쪽에 있는 도시인데 특이하게도 해발고도 마이너스 200미터로 푹 꺼진 분지다. 동서남북 어디를 봐도 바다가 보이지 않는, 바다를 구경하려면 2,000킬로미터는 족히 가야 하는 땅. 기후가 좋을 리 없다. 여름에는 기온이 섭씨 48도까지 치솟고 겨울에는 영하 30도까지 떨어져, 연중 기온 차이가 무려 80도에 달한다. 이리 혹독한 환경에서 50만 명이 살고 있다. 투르판은 무자비한 기후 탓에 일찌감치 『서유기西遊記』의 배경이 되었는데, 우마왕이 등장하는 불이 꺼지지 않는 화염산의 무대가 바로 투르판이다.

2000년대 중반, 나는 한여름에 투르판에 가게 되었다. 원해서 간 건 아니다. 원래의 계획대로라면 5월쯤 이 지역을 취재할 예정이었지만 사람이 하는 일은, 특히 여행 가이드북 취재는 계획대로 되는 게 하나도 없다. 일이 정처 없이 늘어지더니 결국 7월에 투르판에 도착하게 되었다. 섭씨 48도의 분지에서 취재하는 일은 꼭 건식 사우나에서 러닝머신을 뛰는 기분이었다. 거리를 한 시간만 걸어도 등 뒤에 소금이 하얗게 맺히고, 팔을 쓸어내리면 소금 결정이 후드득 떨어졌다.

나는 무더위라는 말로는 다 설명할 수 없는 기후를 뚫고 어느 식당에 들어갔다. 보통의 중국 식당처럼 그 식당도 파는 음식의 가짓수가 정말 많았다. 그때 정신이 혼미해질 정도로 두꺼운 메뉴판에서 특이한 이름의 요리 하나가 눈에 띄었으니, 그 이름이 훠옌쉐산火炎雪山! 더워서 죽기 일보 직전인 상황에서 발견한 '설산'이라는 이름의 요리를 어찌 지나칠 수 있으랴. 얼음이 동동 뜬 시원한 냉채일까, 아니면 빙수 같은 디저트일까? 요리가 나올 때까지 나는 설산이 과연 무엇일지 상상했다. 몇 시간 만에 맞는 에어컨 바람까지 더해져 입 밖으로 흐르는 침을 두어 번쯤 훔쳐야 했다.

얼마 후 나온 요리를 보고 실소가 픽 새어 나왔다. 훠옌쉐산은 얇게 저민 토마토 위에 설탕을 뿌린 음식이었다. 붉은 토마토가 화염산, 흰 설탕은 화염산을 덮은 눈인 셈이다.


## 요리 하나에도 스토리를 입혀라

중국에는 요리 이름을 시처럼 지은 경우가 종종 있다. 한식의 잡채는 당근, 양파, 부추, 버섯과 소고기를 따로 볶아 삶은 당면과 섞고 간장과 참기름, 설탕으로 간을 한 요리다. 여기에

'이것저것 나물을 섞어 넣었다'라는 뜻을 담아 잡채라고 부르니 솔직담백하지 않은가. 그런데 중국에서는 잡채와 비슷한 요리에 마이상수螞蟻上樹라는 이름을 붙였다. 뜻풀이를 하면 '나무 위의 개미'다. 넙적한 중국식 당면에 간 고기와 파가 들러붙어 있는 모양이 개미가 나뭇가지 위로 기어 올라가는 모습과 같다고 해서 붙인 이름이다. 중국 요리는 조리법을 반영해 이름을 짓기도 하지만, 훠엔쉐산이나 마이상수처럼 완성된 요리의 생김새에 착안해 이름을 짓기도 한다. 그러니 이름이 꽤나 문학적이다.

오늘날을 스토리텔링의 시대라고들 한다. 이야기의 힘이 알려지면서 온갖 사건의 뒷이야기가 각광을 받는다. 그중에서도 대중에게 널리 소비되는 스토리텔링을 꼽으라면 단연 요리의 유래를 들 수 있다. 몇 글자 되지 않는 요리의 이름으로 그에 얽힌 사연을 풀어내는 것은 좋은 스토리텔링의 예다. 마이상수 이야기를 더 하면, 이 요리에는 이런 이야기가 따라 나온다.

옛날에 한 과부가 시어머니를 모시고 살았다. 여성 둘이 사는 집의 형편이 넉넉했을 리 없다. 어느 날 며느리는 시어머니의 생일을 맞아 좋은 음식을 차려드리고 싶었다. 그런데 재료를 살 돈이 없어서 집에 있던 당면과 채소 부스러기에 고기 한 줌을 넣고 같이 볶았는데, 그 맛이 꽤 그럴듯했다. 나이가 들어 눈이 잘 보이지 않던 시어머니는 접시 위에 차려진 음식을 보고 "얘야, 이게 꼭 나뭇가지 위로 기어가는 개미 같구나"라고 이야기했고, 이후 이를 마이상수라고 불렀다고 한다.

중국에서 널리 알려진 이 이야기는 사실 중국식 '구라'의 산물이다. 비슷한 예로 윈난雲南 지방의 유명한 국수 요리인 궈차오미셴過橋米綫을 들 수 있다. 옛날에 다리 건너에 사는 영감이 식당으로 찾아와서 소고기 양지를 건네며 쌀국수를 만들어 달라고 했다. 주방장이 그가 가져온 재료로 국수를 삶았는데 맛이 너무 좋았다고 한다. 그래서 요리 이름을 '다리를 건넌(궈차오過橋) 쌀국수(미셴米綫)'로 지었다나. 과거에는 얼토당토 아니한 우스갯소리로 듣던 이야기가 최근에는 훌륭한 스토리텔링의 옷을 입고 다시 태어나고 있다.

## 오키나와 소바의 유래

2017년 가을의 어느 날, 정통 시사주간지 『시사인』에서 대뜸 나를 대담에 초대했다. 그때 나는 이 책의 바탕이 된 『시사인』 「소소한 아시아」 지면을 연재하고 있었는데, 도대체 뭘 또 하자는 것인지 궁금해서 중림동으로 향했다.

나를 만난 기자는 오키나와를 주제로 대담을 기획했다고 했는데, 경희대 후마니타스 칼리지의 이명원 선생이 상대였다. 나는 토론회 같은 자리에서 그리 치열한 편이 아니고, 심지어 이명원 선생과 맞상대를 하기에는 깜냥이 부족해서 주로 듣고 배우는 입장을 취했다(이런 자리에서 말실수를 하면 탈탈

털리니 알아서 조심해야 한다). 뭔가를 준비할 시간도 없이 대담이 시작되었고, 이명원 선생과 나는 오키나와의 역사와 현재를 이야기하며 대부분의 주제에 서로 공감했다. 그런데 딱 한 곳에서 의견이 엇갈렸으니 바로 '오키나와 음식이 맛있는가'였다.

이명원 선생은 오키나와 요리는 저마다 이야기를 담고 있으니 진짜 맛보다 더 맛있게 먹을 수 있다는 입장이었고, 음식에 대해서만큼은 냉정한 나는 스토리텔링과 별개로 맛은 없다는 입장을 고수했다. 그때까지 말랑하게 진행되던 논쟁이 갑자기 음식의 맛에 이르러 열기를 띠기 시작하니 편집진은 황당해하는 표정이 역력했다.

일본은 면 요리의 강국이다. 면 한 가닥을 뽑기 위해, 혹은 진하고 깊은 국물을 우려내기 위해 몇 날 며칠을 공들이는 장인의 집념은 일본 면 요리를 설명할 때 빠지지 않는 소재다. 실제로 일본의 국수는 먹고 실망할 일이 거의 없을 정도로 탁월하다. 딱 하나 예외가 있으니, 오키나와 지역의 국수는 그렇지 못하다.

오키나와 국수를 '오키나와 소바'라고 한다. 보통 일본의 소바는 메밀면인데 오키나와 소바는 밀가루로 반죽한다. 기록에 따르면 애당초 오키나와 소바는 지나스바支那すば라는 오키나와어(우치나구치)에서 유래했다. 스바는 오키나와어로 국수를 뜻하는데, 1915년 일본 본토에서 온 나하 경찰서장이 류큐소바琉球そば로 그 이름을 바꿔버렸다.

스바가 메밀국수를 뜻하는 일본어 소바의 사투리였다는

주장도 있지만, 오키나와에서는 이를 인정하지 않는다. 그들은 '오키나와에 직접 영향을 미친 곳은 규슈인데, 이 지역에 메밀국수 문화가 없었던 것에 비추어봤을 때 스바와 소바는 서로 다른 단어이며, 나하 경찰서장이 스바를 소바로 바꾼 것은 당시에 진행된 오키나와어 말살 정책의 일환이다'라는 의견을 피력한다.

이름으로 인한 우여곡절뿐 아니라, 오키나와의 면 요리는 여러 지점에서 일본 국수와 성격이 다르다. 오키나와 소바는 젓가락으로 면을 들자마자 툭 끊어진다. 우리가 일본의 면 요리를 먹을 때 기대하는 통통 튀는 탄성을 오키나와에서는 찾을 수 없다.

동중국해와 태평양의 경계에 위치한 오키나와는 상상을 초월할 정도로 고온다습하다. 냉장고가 없던 과거에는 면이 숙성될 사이도 없이 부풀어 오르는 탓에 발효는 꿈도 꾸지 못했다고 한다. 궁여지책으로 꺼낸 방법이 반죽을 치댄 다음 숙성 과정 없이 바로 면을 뽑아 뜨거운 물에 데치는 것이었다. 면이 다 익으면 기름을 발라 바로 국물에 넣어 먹을 수 있게 준비했다. 아무리 기름을 발랐어도 면이 엉겨 붙기 마련이다. 식당에서는 주문이 들어오면 불어서 뭉친 면을 물에 다시 데치거나 그도 아니면 면에 뜨거운 육수를 부어 살살 풀어서 내어준다. 이렇게 만든 오키나와 소바를 놓고 쫄깃함을 기대하는 건 어리석은 일이다.

### 단맛 아래 깔린 쓴맛

국수는 가난에 허덕이느라 별다른 먹거리가 없던 오키나와에서 쉽게 맛볼 수 없는 특별한 음식이었다. 2차 세계대전이 끝난 뒤 미군이 섬을 점령했고 그들을 따라 미국산 밀가루가 대량 공급되면서 마치 한국전쟁 이후 한국처럼 오키나와에서도 쌀 대신 밀가루 음식이 권장되기 시작했다. 그로 인한 영향이 현재까지도 이어져서, 오늘날 오키나와 사람들은 매일 한 끼는 오키나와 소바를 먹는다고 말할 수 있을 정도로 국수가 주식이 되었다.

재미있는 건 이런 역사 위에 온갖 스토리텔링이 난무하고 있다는 사실이다. 앞에서 본 궈차오미셴과 마이상수 같은 중국 요리뿐 아니라 한국 음식에 더해진 스토리텔링 조작도 만만치 않다. 한국은 정부가 나서서 비빔밥에 스토리텔링을 입히고 외국 관광객을 끌어들이려는 시도를 하기도 했다. 그런

데 오키나와 소바는 역사의 비극을 소재로 삼았다는 점에서 차이가 있다. 이것은 오키나와 소바의 방계라고 할 수 있는 미야코 소바에서 두드러진다. 미야코 소바는 보통은 면 위에 올리는 고명을 면 아래에 깐다. 식당에서 소바를 받았을 때 보이는 건 온통 면뿐이다. 젓가락으로 몇 번 휘저어야 면 아래 깔려 있던 고명이 올라온다.

고명을 숨긴 이유는 이렇다. 미야코 소바의 무대인 미야코지마宮古島는 오키나와 본섬에서 남서쪽으로 300킬로미터 떨어진 작은 섬이다. 이 섬은 오키나와 본섬과는 또 다른 수탈의 역사를 거쳐야 했다.

중세에 오키나와 본섬이 사쓰마번의 식민지였다면, 미야코는 오키나와 본섬의 식민지였다. 사쓰마에 수탈당하던 오키나와는 다시 미야코를 수탈하여 자신을 보존했다. 구조화된 수탈과 그 맨 아래에 깔린 이들의 고통은 전 세계가 겪은 공통 과정이다. 역사는 그렇게 밑바닥에 깔린 이들의 목숨 위에 세워졌다.

미야코지마에는 오키나와 본섬에서 걷어가는 악명 높은 인두세가 있었다. 인두세란 무조건 사람 수에 따라 부과하는 세금이다. 미야코에서는 흉년이 들면 배 속에 아이를 가진 여성을 조직적으로 살해하는 일까지 벌어졌다고 한다. 그만큼 세금이 가혹했다는 뜻일 터.

미야코 소바에 얽힌 스토리텔링도 비극에 닿아 있다. 국수에 고명을 얹으면 오키나와 본섬에서 파견된 관리들이 부자로 몰아 수탈했기 때문에, 행여 고명을 얹어 먹을 수 있는 형

편이라 해도 면 아래에 숨겼다는 이야기다. 그럴듯한 이야기 같지만 자세히 보면 허점투성이다. 일단 과거에 미야코에서 먹을 것이라고는 자색 고구마가 전부였다. 귀한 밀가루로 국수를 만들 여유가 있었을 리 없다. 현재 동아시아에 광범위하게 퍼져 있는 밀가루 요리는 대부분 2차 세계대전을 기점으로 이곳에 진출한 미군의 산물이다.

또한 고명을 면 아래에 까는 풍습은 중국 남부 지방에서 흔히 볼 수 있다. 오키나와가 류큐琉球 왕국이었던 시절에는 해마다 중국으로 사신을 파견해 조공했다. 이때 사신은 중국 남부의 푸젠福建까지 배를 타고 간 후 육로를 통해 베이징北京으로 갔다. 따라서 푸젠과 광둥廣東 일대에서 고명을 면 아래에 깔던 문화가 오키나와로 전래되었다고 보는 게 합리적이다.

이처럼 음식의 유래에 관한 많은 이야기는 실은 계산에 밝은 누군가가 만들어낸 허구에 불과하다. 여행은 역사적 사실을 다루기는 하지만 사학처럼 철저하게 오류를 검증하지 않는다. 적당히 그럴듯해 보이면 여기저기에서 인용하고, 이게 입소문을 타면 몇십 년 뒤 정설로 받아들여지는 일이 빈번하다.

고백하자면 나 또한 1999년에 인도 배낭여행 설명회를 정기적으로 열면서 "처음 인도 여행을 할 때 메고 가는 배낭의 무게가 전생에 당신이 지은 업보의 무게"라는 그럴듯한 인도풍 격언을 지어냈다. 그런데 20년이 훌쩍 지난 요즘, 이 말이 인도 여행자를 위한 속담으로 널리 퍼져 있다. 여행이든 미식이든 학문이 발 딛지 않은 분야의 스토리텔링은 늘 이런 식이다.

## 14

# 사람을 찾습니다

## 중국과 인도의 열혈 부모

"결혼은 아들의 부인을 찾는 게 아니라 시아버지의 며느리를 찾는 일이다." 똑같은 말이 인도와 중국 두 나라에 존재한다. 세계 최대의 민주주의 국가인 인도와 최대의 사회주의 국가인 중국. 사원이 가장 많은 나라와 사원을 거의 찾을 수 없는 나라. 두 나라 사이의 차이가 이토록 심한데 유독 결혼에 관해서는 똑같이 설명하는 게 신기할 정도다. 그런데 이런 말은 우리도 하지 않는가. 결혼은 두 사람이 아니라 두 집안이 하는 것이라고.

신분 사회를 유지하는 데 필요한 여러 제도 가운데 가장 중요한 것이 바로 혼인이다. 나와 비슷한 집안의 사람을 만나 후대를 잇는다는 규칙을 엄격하게 유지하는 게 신분제가 영속하는 비결이다. 신분이 공고한 사회일수록 규칙을 어긴 사람을 가혹하게 처벌한다.

지금도 카스트의 흔적이 강하게 남아 있는 인도에서는 결혼할 때 상대방의 출신 계급을 가장 먼저 따진다. 과거에는 한 마을 안에서 배우자를 찾았으니 누가 어느 집 자식인지 꿰뚫고 있었지만 도시화가 이루어지면서 상대의 출신을 확인하기가 어려워졌다. 그래서 언제부터인가 인도에서는 배우자를 고를 때 문명의 이기를 이용하기 시작했다. 바로 신문 광고다. 특이하게도 인도의 신문은 일요판이 평일판보다 두 배쯤 두껍다. 그 대부분을 우리네 벼룩시장 같은 광고면이 차지하는데 거기에 「신부 구함Wanted Bride」면이 있다.

광고는 단순하다. "브라만 출신. MBA 학위 소지. 월수입 얼마. 자동차 소유. 크샤트리아 이상의 신분에 직업을 가진 여성을 원함. 전화번호 ○○○○-○○○○"이 전부다. 가끔 흰 피부를 원한다는(한국의 '용모 단정'쯤으로 이해하면 된다) 조건이 추가되기도 한다. 나의 신분과 조건에 상대방의 신분과 조건을 맞춰 보는 아주 단순한 방식이다. 신부 집안은 광고를 보고 전화를 걸어 만날 약속을 잡는다. 신분 사회에서는 그 신분을 증명하는 가계도, 즉 족보가 아주 중요한데, 광고를 통해 만난 두 집안은 서로의 족보를 비교하는 기나긴 작업에 돌입한다.

중국에서는 다른 이유로 부모가 자식의 결혼에 끼어들었다. 중국 정부의 강력한 한 자녀 정책으로 인해 소황제로 산 바링허우八零後 세대, 즉 1980년대 이후에 태어난 청년들이 안으로는 타인과 관계 맺을 기회가 부족하고 밖으로는 입시와 취업 등에 치이면서 만혼이 늘고 있다. 그나마 늦게라도 하면 다행인데, 아예 연애 자체에 관심이 없는 경우가 늘면서 부모가 발을 동동 구르게 되었다.

조계지 시절의 상하이 경마장은 지금 인민광장이라는 공원으로 변했다. 2004년 무렵 자식 혼사에 밤잠을 못 이루던 한 열혈 부모가 사람이 많이 모이는 인민광장 한쪽에 자식의 프로필을 걸었다. 자녀의 결혼 때문에 걱정하던 다른 부모가 공원을 지나다 벽에 붙은 전단지를 보게 되었고, 결국 두 집안이 성혼에 이르면서 이 소식이 입소문을 탔다. 지금은 아예 이 일대를 밸런타인 벽이라고 부른다. 공원 한쪽이 마치 우리네 이산가족 찾기 행사장처럼 상하이 처녀 총각들의 프로필로 빼곡하게 찼다. 큰 판이 벌어지면 전문가도 꼬이기 마련이다. 이제는 벽에 걸린 프로필의 상당수가 결혼 중개 회사의 것이라고 한다.

인도와 달리 마음이 급한 부모가 공원으로 와서 직거래를 하다 보니 인민공원은 주말마다 떠들썩하기 이를 데 없다. 어디선가 책상을 펼쳐놓고 종이에 연필로 적어가며 토론을 벌이는 노인도 있고 사진까지 들고 와서 제발 내 아이를 데려가라고 하소연하는 부모도 있다.

## 우리의 발을 묶고 있는 것은 무엇일까

중국은 혈연에 기반한 신분 사회가 아니지만 그렇다고 경제적 조건만 따지는 사회도 아니다. 명목상 사회주의 국가인 중국에서 신분에 해당하는 건 크게 두 가지다. 하나는 공산당원 여부이고 다른 하나는 호적이다. 공산당원은 각종 사회적 혜

택을 받으니 결혼 시장에서 유리할 것이다. 그런데 호적은 뭘까? 한국에서 2008년에 폐지된 호적법과 같은 것일까?

반공 교육을 받으며 자란 세대는 잘 알겠지만, 사회주의 국가에서는 거주 이전의 자유가 극도로 제한된다. 한국은 1970년대에 공업화를 거치며 농촌의 인구를 도시로 끌어들여 노동력을 충당하는 정책을 폈지만, 중국은 국가의 계획과 통제하에 농촌 인구의 도시 유입을 막았다. 즉 필요한 노동력 이외의 인력이 도시로 오는 걸 막기 위해 호적을 관리한 것이다. 한국의 호적이 가부장제의 흔적이자 호구 조사를 위한 장부였다면, 개혁개방 시대 이전 중국에서 호적은 거기에 기재된 장소에서 평생 살아야 하는, 거주 이전을 가로막는 족쇄였다.

그러다 1978년부터 중국은 소위 개혁개방을 실시하고 거주 이전의 자유를 보장했다. 이미 도시와 농촌의 경제력 차이가 벌어질 대로 벌어진 뒤여서 순식간에 대규모의 농촌 인구가 도시로 향했다. 도시에서 하층 공장 노동자로 살지언정 농촌보다 벌이가 좋았기 때문이다. 가끔 중국발 뉴스에서 접하는 '농민공'이라는 말이 바로 이들을 가리킨다.

문제는 거주 이전의 자유는 주고 호적은 바꾸지 못하게 하면서 벌어졌다. 호적 변경이 불가능하다는 건 도시에서 살더라도 도시가 호적자에게 제공하는 복지 정책의 혜택을 받을 수 없다는 뜻이다. 이로써 베이징이나 상하이 같은 거대 도시의 호적을 가진 것이 일종의 신분이 되었다. 거기 속하지 못한 이들은 도시민과 똑같은 일을 해도 임금이 30퍼센트쯤 적고 의료를 포함한 각종 혜택에서도 제외된다. 게다가 부모가 농촌 호적자면 자식을 도시에서 낳더라도 무조건 부모의 호적을 따라야 한다. 이쯤 되면 일종의 신분이 아니라 대놓고 신분이다. 그래서인지 상하이 인민광장에 걸린 구혼 프로필에 가장 힘주어 적힌 부분은 '상하이 호적' 여부다.

계급이 인류가 영원히 해결하지 못할 숙제처럼 느껴질 때가 많다. 인도의 카스트 제도를 미개한 과거의 악습으로 여기는 한국인이 많은데, 한국의 상황도 만만치 않다는 걸 애써 모른 체할 뿐이다. 여기는 아파트 크기로 신분을 나누고 임대 아파트 주민은 격리시키는 사회가 아닌가.

계급 없는 사회주의를 외치며 그 많은 인민을 피 흘리게 한 중국도 결국 유무형의 계급을 만들어내고 말았다. 이런 걸 보면 모든 인류에게 공정한 기회를 주는 사회는 영원히 불가능하지 않을까라는 생각이 든다.

## 15

# 귀족은 줄 서지 않습니다

## 맛집 앞 풍경

한 텔레비전 예능 프로그램에 소개된 홍은동의 돈가스 집이
화제다. SNS는 이 집 돈가스 맛을 보기 위해 기다리는 사람들
로 넘친다. 나의 트친 중 한 명도 새벽부터 줄을 서서 기다린
끝에 세 번째로 돈가스를 먹었다고 자랑했다. 불과 몇 년 전만
해도 대부분의 한국인은 그까짓 게 맛있어야 얼마나 맛있겠느
냐며 식당에 줄 서는 일을 달가워하지 않았다. 식당은 식당대
로 장사가 좀 된다 싶으면 감당하지도 못할 만큼 손님을 많이
받다가 맛이 변해 문을 닫기 일쑤였다.

반면 요즘은 손님이 길게 줄을 설 뿐만 아니라, 줄 선 손
님을 돌려보내는 경우를 흔히 볼 수 있다. 맛집을 위해 기꺼이
자신의 시간을 포기할 수 있는 손님, 그날 준비한 재료가 떨어
지면 지체 없이 가게 문을 걸어 잠그는 식당. 둘 다 음식문화
라는 측면에서 고무적인 변화다.

맛집으로 알려진 식당 앞에 손님이 길게 줄을 선 모습은 일본이나 홍콩에서도 흔한 풍경이다. 이런 식당 중에는 그날 준비한 재료가 떨어지면 문을 닫는 곳도 있지만 어떤 경우는 하루에 팔 양을 미리 정해놓기도 한다. 앞에서 이야기한 홍은동의 돈가스 집은 매일 손님을 서른다섯 팀만 받고 있다고 한다.

그런가 하면 하루 종일 장사하는 일반 식당에서 '매일 10그릇 한정' 등의 방식으로 특별 메뉴를 팔기도 한다. 이유는 다양하다. 제철 식재를 쓰기 때문이라는 곳도 있고 희소 부위라 공급이 달린다는 곳도 있는데, 어쨌건 그 식당만의 한정판을 만든 셈이다.

특별 메뉴가 손님에게 인정을 받으면 그때부터 이걸 먹기 위한 줄이 식당 앞에 길게 늘어선다. 특별 메뉴를 먹으러 왔다가 그 메뉴가 모두 팔렸다고 해서 그냥 돌아가는 사람은 드물다. 대부분 아쉬움을 뒤로하고 다른 요리를 주문하니, 식당 입장에서는 효과적인 홍보 수단이다.

그런데 이런 홍보 방식 중에 아주 불쾌한 경우가 있다. 대표적으로 홍콩에서 유행하는 '귀족 ○○ 마케팅'이 그렇다. 귀족이라는 수식어가 달린 가장 흔한 메뉴는 의외로 딤섬이다. 딤섬은 노동자의 패스트푸드에서 유래했으니 귀족과는 대척점에 있는 음식인데 도대체 무엇 때문에 귀족이라는 말을 붙인 것일까? 인기 있는 새우 딤섬인 하카우에 얇은 금박과 샥스핀을 얹고, 고기로 만든 소를 빵에 올려 먹는 씨우마이에 제비집을 얹었기 때문이다. 쉽게 말해 비싸고 호화스런 재료를 썼다는 이야기다.

귀족 딤섬이라는 메뉴를 처음 선보인 식당은 작고한 홍콩 배우 장국영의 단골집으로 유명하다. 주변 가게를 통해 탐문해 보니 옛날에는 이런 메뉴가 없었다고 한다. 장국영이 사망하고 가게에 그를 추억하는 손님이 몰리기 시작하면서 귀족 딤섬을 내놓았다고 한다. 물 들어왔을 때 노 저은 것이다.

이 가게에서 파는 귀족 딤섬은 최고급 호텔의 광둥식 레스토랑에서 흔히 볼 수 있는 딤섬과 다를 바 없다. 똑같이 금박에 샥스핀과 제비집을 얹어주지만 호텔 레스토랑에서는 귀족이라는 이름을 붙이지 않는다. 특이한 건 이 딤섬 가게를 찾는 주요 고객이 한국인 여행자라는 점이다. 현지인은 이 집에 발을 끊은 지 오래다. 귀족 딤섬이 고급 호텔 레스토랑의 딤섬보다 싸느냐 하면 그것도 아니다. 내가 보기엔 가격 차이가 없다. 서비스는 당연히 호텔 쪽이 월등한 데다 귀족 딤섬 집은 교통편마저 불편하다. 트램 종점에서 내려 오르막길을 한참 걷든지 택시를 타야 하는데, 현지의 택시 기사들은 이 집을 잘 모른다.

요즘의 젊은 여행자가 장국영에 대한 추억을 갖고 있을 리 없으니, 이 집이 인기 있는 이유는 귀족이라는 이름뿐이다. 이것은 사치와 허영을 강조하는 세태가 만들어낸 가장 저열한 방식의 마케팅이 아닐까.

나는 유독 홍콩에서 외국인 여행자를 대상으로 귀족이라는 단어를 많이 쓰는 정확한 이유를 알지 못한다. 혹시 홍콩이 영국의 식민지였고, 영국은 현대 민주주의의 주요 개념을 만든 나라인 동시에 아직까지 왕과 귀족 계급이 남아 있는 나라이기 때문일까?

## 애프터눈 티의 정치

그런데 아시아 출신의 여행자가 유독 귀족 마케팅에 약한 건 사실이다. 요즘이야 영국식 애프터눈 티가 흔해졌지만, 홍콩 여행이 처음 각광받던 때에는 수많은 여행 안내서가 애프터눈 티를 영국 귀족의 풍습으로 설명했다. 실제로 문헌에 따르면 이 호사스러운 습관을 시작한 인물은 안나 마리아Anna Maria 공작부인이다. 당시 영국에서는 아침은 거하게 먹고—호텔에서 먹는 서양식 아침 식사 메뉴 중 잉글리시 브랙퍼스트가 얼마나 푸짐한지 떠올려 보라—점심은 대충 때우는 식습관을 유지하다 보니 저녁이 되기 전에 꼭 배가 고파졌다고 한다. 3단 트레이에 샌드위치와 스콘 따위를 쌓아놓고 먹는 애프터눈 티는 안나 마리아로부터 유래한 게 사실이지만, 영국의 노동 계급 또한 소소한 간식을 놓고 오후의 차 시간Tea Break Time을 즐겼다.

영국의 영향을 받은 홍콩에서도 애프터눈 티를 먹는 게 일반적이다. 홍콩의 애프터눈 티라고 하면 페닌슐라 홍콩Peninsula Hong Kong 호텔이나 만다린 오리엔탈 호텔 홍콩Mandarin Oriental Hotel Hong Kong 같은 최고급 호텔에서 즐기는 것이 먼저 떠오르는데, 점심과 저녁 사이에 쉬는 시간이 없는 대부분의 식당에서도 오후 2시부터 5시까지 애프터눈 티 메뉴를 내놓

는다. 밥때를 놓친 사람 혹은 출출함을 느끼는 사람에게 염가 서비스를 하는 셈이다. 하겐다즈(홍콩에는 베스킨라빈스보다 하겐다즈 매장이 더 많다) 매장에서는 아예 자사의 아이스크림으로 구성한 애프터눈 티 세트를 팔기도 한다. 그래도 귀족적인 걸 찾거나 사치를 누리고 싶다면 페닌슐라 호텔의 애프터눈 티가 가장 호화로운 선택지이지만, 그들이 손님을 대하는 방식에 대해 한마디는 해야겠다.

　페닌슐라의 애프터눈 티는 웅장하다. 호화로운 실내에 연주자들이 직접 연주하는 클래식 음악이 울려 퍼지고, 티파니 도자기에 순은으로 만든 거름망을 갖춘 다구가 제공된다. 갓 구운 스콘과 풍부한 맛을 자랑하는 클로티드 크림도 한 번쯤 먹어 볼 만하다. 그런데 이토록 멋진 장소에 입장하기 위해서는 땡볕에 한참을 줄 서야 한다. 값비싼 차를 팔면서도 찾아온 손님을 일부러 줄 세우는 것이다. 그렇게 줄을 선 이들은 모두 동양인 여행자다. 반면 호텔 투숙객은 줄을 서지 않는다. 하룻밤에 60~80만 원이나 하는 호텔에 묵을 돈도 없으면서 발칙하게 애프터눈 티를 먹고 싶어 하는 '죄인'만 줄을 서는 것이다. 그것도 로비 안이 아니라 호텔 밖에 말이다. 애프터눈 티를 먹는 시간이 볕이 가장 뜨거운 오후 2시 무렵이라는 점까지 생각하면, 이건 분명히 벌이다. 벌을 서던 죄인들은 호텔 투숙객이 예약을 하고 남은 자리에 배치된다. 여름 성수기에는 결국 입장하지 못한 채 벌만 서다 발걸음을 돌리는 경우도 허다하다.

페닌슐라 호텔에 묵는 투숙객만 들어갈 수 있는 로비 라운지는 권력의 상징이다. 그들은 라운지에 자리 잡고 앉아 문 밖에 줄 선 이들을 바라보며 귀족이 된 듯한 우월감을 만끽한다. 호텔의 비싼 가격에는 이렇게 상대적 우월감을 맛보는 기회까지 포함되어 있다. 세상은 여전히 잔인하고 사람들은 참 속이 없다. 만약 문 밖에 줄을 선 이들이 서양에서 온 여행자였다면 페닌슐라 호텔이 이토록 뻔뻔하게 장사를 할 수 있었을까? 이곳의 귀족적 애프터눈 티를 원하는 이들에게도 한마디 하고 싶다. "여러분, 귀족은 줄 서지 않습니다." 귀족 문화를 체험한다는 환상에 취하지 않는다면 훌륭한 애프터눈 티를 먹을 수 있는 곳은 여러 군데에 있다.

## 16

홍콩 거리의 비밀

## 어느 주말의 풍경

낯설었다. 주말마다 동남아 여성들이 홍콩 센트럴의 중심부를 점령하는 풍경은.

분명히 시위는 아니었다. 구호도, 깃발도, 팻말도 없었다. 그들은 주말이면 모두 나와 그늘만 있으면 인도든 지하도든 구름다리든 개의치 않았다. 센트럴의 심장이라고 말할 수 있는 황후상광장Statue Square과 만다린 오리엔탈 호텔부터 랜드마크Landmark까지 이어지는 쇼핑가, 그리고 홍콩 금융 자본의 상징인 HSBC은행의 1층 통로까지 모든 곳이 동남아 여성들로 가득 메워졌다.

궁금했지만 오지랖을 발휘해 배경을 알아보기에는 너무 바빴다. 취재비를 자비로 부담하는 가이드북 작가에게는 물가가 비싼 홍콩에서 보내는 하루하루가 다 돈이다. 홍콩에서는 허름한 숙소에서 숨만 쉬는 데도 매일 10만 원 이상이 드는

데, 내 직업은 이곳의 식당이란 식당은 다 뒤지는 일이다. 그 덕에 나는 홍콩에서 늘 분초를 쪼개며 살기 일쑤다.

그럼에도 불구하고 거리를 메운 이들에게 관심을 가진 건 두 가지 이유 때문이다. 나는 직업상 쇼핑센터에서 사진 촬영을 할 때가 많다. 소소한 아이템은 반드시 구입하고 명품의 경우는 취재를 요청한 후 허가를 받고 제품 사진을 찍곤 한다. 때로 매장의 외관 사진만 필요한 경우도 있는데, 가끔씩 쇼핑몰 경비원이 나를 제지할 때가 있다. 이때 여성 동행자가 있으면 명품 숍을 배경으로 여자친구를 찍는 시늉을 해서 경비원의 눈을 피하곤 한다.

홍콩에서도 명품 숍이 많기로 유명한 랜드마크를 취재할 때였다. 일주일 전에 담당자를 만나 주요 매장을 섭외한 후 한 차례 촬영했지만 뭔가가 좀 부족했다. 나는 담당자에게 연락해서 재촬영을 할 수 있느냐고 물어보았고, 그런 건 적당히 알아서 하라는 대답이 돌아왔다. 경비원이나 숍의 매니저가 막으면 자기 이름을 팔아도 된다고 했다. 드디어 일요일. 나는 촬영 중에 문제가 생기지 않을지, 그럴 때는 어떻게 대응할지 등을 고민하며 랜드마크로 갔다.

그곳에서 나는 예상과는 완전히 다른 풍경을 만났다. 평소에는 최고급 명품 쇼핑몰을 지향하며 진열된 가방 하나를 꺼낼 때도 흰 장갑을 낀 점원의 손을 빌려야 했던 곳, 늘 조용하고 차분한 가운데 우아한 클래식 음악이 흐르던 몰이 이날은 동남아 여성으로 가득 차 있었다. 마치 방콕의 야시장처럼 인파가 북적이는 랜드마크에서 나는 아무런 제지도 받지 않고 원하는 사진을 마음껏 찍었다.

그들은 밝고 거리낌이 없었다. 이 많은 사람이 도대체 어디에서 온 거지? 홍콩에서 일하는 노동자라고 하는데 좀처럼 정체를 짐작하기 어려웠다. 호기심을 안고 인파 속을 뛰어다니며 사진을 찍은 지 몇 시간째, 어깨에 맨 카메라의 무게와 허기가 산더미처럼 몰려왔다. 뭐라도 먹어야겠다 싶어서 몰밖으로 나왔는데, 거리에도 그들이 진을 치고 있었다. 나는 식당으로 가는 언덕을 오르기 전에 잠시 벽에 기대어 휴식을 취했다. 그들을 자세히 본 건 그때가 처음이다.

음식을 먹으며 대화를 나누는 이, 동료의 어깨를 주물러 주는 이 등 다양한 사람이 눈에 들어왔다. 그중에서도 한 젊은 여성이 눈에 띄었다. 한때 한국에서 유행한 초저가 넷톱을 든 그는 모니터를 바라보며 하염없이 울고 있었다. 귀에 헤드셋을 낀 걸 보니 누군가와 통화를 하고 있는 것 같았다. 궁금한 마음에 슬쩍 본 화면 속에는 갓난아이가 있었다. 이들에게 무슨 사연이 있는 걸까?

## 노동자의 눈물

이 상황을 이해하기 위해서는 필리핀의 과거와 현재를 알아야 한다. 1913년, 아시안게임의 전신인 극동경기대회Far East Games 가 처음 열렸다. 제1회 대회의 개최국은 필리핀, 참가국은 총 6개국이었다. 이후 필리핀은 4, 7, 10회 대회도 개최했다. 극동경기대회는 1938년 중일전쟁이 발발하며 중단되었고,

1951년에 초대 아시안게임이 열리면서 명맥이 이어졌다.

한때 한국의 장충체육관을 필리핀에서 지어줬다는 소문이 널리 퍼졌다. 나중에 가짜 뉴스로 밝혀졌지만 그 덕에 대중은 1950~60년대에 필리핀이 얼마나 부유했는지 잘 알게 되었다.

이후 필리핀 경제는 몰락했고, 현재 필리핀에서 가장 주요한 산업 중 하나는 노동자 수출이다. 필리핀 노동자 일곱 명 중 한 명이 해외에서 일하는데, 이들이 본국으로 보내는 돈이 필리핀 국내총생산GDP의 9.5퍼센트에 달할 정도다. 동남아시아에서 유럽에 이르기까지 전 세계 수많은 가정에서 필리핀 출신의 유모와 가사 노동자가 일하고 있다. 필리핀 정부는 해외 파견 노동자 관리를 위한 부처를 별도로 운영하고 있을 정도다.

홍콩에도 필리핀에서 온 약 25만 명의 가사·육아 노동자가 있다. 홍콩에 체류 중인 외국인 가사·육아 노동자 40만 명 가운데 절반 이상이 필리핀 출신인 셈이다. 이들이 환영받는 가장 큰 이유는 영어다(필리핀은 필리핀어와 영어를 공용어로 한다). 같은 이유로 한국의 한 항공사 집안을 비롯한 부유층에서 필리핀 가사·육아 노동자를 불법으로 고용해 화제가 된 적이 있다.

문제는 이들이 왜 주말에 길거리로 나왔는지인데, 그 배경에 홍콩의 주택 사정이 끼어든다. 홍콩의 부동산 가격은 한국인의 상상을 초월할 정도로 비싸다. 얼마 전 한국의 인터넷 커뮤니티에 '홍콩의 6억 7,000만 원짜리 아파트'라는 사진이 돌아다녔다. 그 집은 고작 5.3평에 창문도 없었다. 기억력이 좋은 독자라면 박원순 서울시장이 임대주택 사업을 시찰하러 홍콩을 방문했다는 뉴스를 떠올릴지도 모른다. 홍콩의 임대주택은 한국보다 수는 훨씬 많지만 신청 자격을 제한하지 않는다. 한국처럼 주택 복지를 위한 제도가 아니라 누구나 신청할 수 있고 당첨되면 노나는 복권에 가깝다. 그 때문에 정작 필요한 사람에게 제대로 보급되지 않고 있다.

홍콩에서는 15평 크기의 아파트만 가져도 부자 축에 낀다. 그 값이 한화 60억 원을 훌쩍 넘으니 말 다한 것 아닌가. 외벌이로는 감당할 수 없는 구조니 당연히 맞벌이가 필수다. 여기서 또 문제가 튀어나오는데, 홍콩은 3~5세 아동은 어린이집을 이용할 수 있지만 0~2세 영유아를 맡길 보육 시설은 거의 전무하다. 게다가 노동법상 육아휴직 제도가 보장되지 않는다. 한마디로 주거 지옥, 육아 지옥인 도시가 바로 홍콩이다. 이 틈에 가사·육아 노동자가 존재한다.

홍콩의 건설사는 15평짜리 아파트에 방 3개를 뽑는 설계의 마술을 부린다. 다행이라고? 방의 크기를 보면 그런 말을 할 수 없다. 꼭 해리포터가 잠자던 다락방 꼴로 극도로 열악하다. 이 좁은 집에서 주인 가족과 노동자가 부대끼며 살아야 한다. 집주인 부부와 가사·육아 노동자 모두에게 법은 주 5일(또는 6일)의 노동만 허락한다. 주말 하루 혹은 이틀은 이들 모두 반드시 쉬어야 한다. 이때 집주인이 집에서 쉬기로 했다면 노동자는 어디에서 쉴 수 있을까? 노동자는 가뜩이나 좁은 집에서 주인과 함께 쉬는 게 쉬는 게 아닌데, 여기에 허드렛일이라도 도왔다가는 근로기준법 위반이다. 이쯤 되면 노동자는 주말에 집 밖으로 나갈 수밖에 없다. 거리를 점거한 이들은 주말의 휴식을 위해 나온 것이었다.

참고로, 놀라지 마시라. 홍콩에서 가사·육아 노동자가 받는 임금은 한화로 70만 원 정도밖에 되지 않는다. 당장 인터넷을 검색해 보니 한국에서 거주형 돌봄 노동자가 받는 임금은 월 200만 원 이상이다. 홍콩은 1인당 GDP가 4만 8,000달러다. 한국의 3만 1,000달러의 1.5배가 넘는다. 하지만 최저임금으로 가면 이야기가 달라진다. 홍콩은 이걸 '최저 허용 임금Minimum Allowable Wage'이라고 부르는데 2019년 현재 월 4,520홍콩달러, 우리 돈으로 70만 원이 채 안되는 수준이다. 심지어 홍콩에서 일하는 가사·육아 노동자의 근무 시간은 사실상 하루 종일이다.

일해서 번 돈을 거의 다 고향으로 보내느라 집 밖에서 국수 한 그릇 사 먹는 것도 아까운 처지에 주말마다 밖으로 나오는 게 제 발로 나온 것일까 등 떠밀려 쫓겨난 것일까. 그들은 주말 내내 싸온 음식을 먹으며 보낸다. 편의점 음식조차도 그들에겐 사치다.

홍콩의 최저임금제는 2011년에 시작되었다. 그나마 초기에는 적용 대상이 외국인 노동자로 제한되어 있었다. 2019년 현재 최저시급은 37.5홍콩달러, 한화 약 5,600원이다. 한국에 비해 GDP는 1.5배 높고 주택 가격은 5배 이상 비싸지만 최저임금은 3분의 2 수준이다. 보수 언론에서 기업하기 좋은 도시 1위라고 떠들어대는 홍콩의 민낯이다.

나는 지금도 홍콩발 뉴스를 볼 때마다 모니터 속 아기를 바라보며 하염없이 울던 그의 얼굴이 떠오른다.

## 17

우산혁명 이후

## 멍청한 질문과 낯선 대답

인도 서부 해안에 고아라는 지역이 있다. 1970년대에 히피들이 개척한 이래 지금까지 인도에서 가장 유명한 해변 휴양지이다. 하지만 역사는 곡절이 많아서 1510년부터 1961년까지 무려 450년간 포르투갈의 식민 지배를 받았다. 1947년 인도가 영국에서 독립한 이후에도 포르투갈은 고아를 인도에 반환하지 않다가 고아의 주민과 인도 군대가 저항하고 나서야 물러갔다.

꽤 오래전인 1997년, 나는 고아의 한 민박집에 머문 적이 있다. 오랫동안 식민 지배를 겪은 까닭에 고아 인구의 25퍼센트는 기독교인이다. 내가 머문 집도 기독교도가 운영하고 있었다. 민박집 주인의 이름은 페르난데스. 물론 인도인인데, 고아에서는 이름만 들어도 그가 힌두인지 기독교인인지 알 수 있다. 그 집 식구들은 매일 같은 시간에 가톨릭 기도문을 암송

했다. 그 소리가 무척 낯설게 들렸다.

하루는 그에게 물어보았다.

"독립하니 좋지? 포르투갈 식민지였을 때가 좋아, 지금이 좋아?"

나는 도대체 무슨 생각으로 이 질문을 했던 걸까? 눈치없고 쿨한 이방인이 되고 싶었던 것일까? 질문을 하면서 나는 당연히 지금이 좋다는 대답이 돌아오기를 기대했다. 하지만 페르난데스는 말이 없었다. 그날 우리의 자리는 그것으로 끝났다.

페르난데스는 홀어머니에 남동생 한 명, 여동생 한 명과 살고 있었다. 미혼에 나이는 마흔. 그는 부업으로 인근의 해변 식당에서 서빙 일을 도왔다. 월급은 당시 기준 1,500루피쯤이었는데, 고아는 팁을 주는 외국인이 많은 관광지라 인도의 다른 지역에 비해 기본급이 박했다. 당시 외국인 여행자가 즐겨 먹던 해산물 시즐러가 300루피였으니, 그의 월급은 여행자의 다섯 끼 값에 불과했다. 그는 인도인치고는 말수가 적었고 외국인에게 별 관심을 보이지 않았다. 우리의 대화는 대부분 내가 먼저 말을 걸어야 시작됐다. 다행히 평생 처음 보는 동양인이 신기했던 그는 나의 질문을 꽤 잘 받아주었다. 그는 오후 늦게 출근해 자정까지 일하는 대신 낮에는 한가했다.

2월, 날이 슬슬 더워지던 무렵, 우리가 서로 등목을 해줄 만큼 가까워졌을 때 처음으로 그가 먼저 나에게 말을 걸었다.

"환타, 그때 물어본 거 있잖아⋯."

"응, 뭐?"

나는 수건으로 등을 닦으며 되물었다.

"포르투갈이 좋은지 인도가 좋은지 물어봤잖아."

"아, 그거! 생각해 보니 포르투갈 때가 더 좋았어?"

나는 다시 괜한 농담을 던졌다. 그런데 의외의 대답이 돌아왔다.

"응. 그때는 우리와 다른 사람이 우리를 차별했어. 그런데 지금은 동포라고 여겼던 사람이 우리를 멸시해."

그의 말을 듣고 며칠 전의 일이 떠올랐다. 일을 마치고 집으로 돌아온 페르난데스의 옷이 다 찢어져 있었다. 다음 날 그의 어머니에게 사정을 물어 보니, 어제 식당에서 힌두교도인 인도인 손님들이 기독교인인 그를 모욕했다고 했다.

그의 말이 이어졌다.

"우리는 오래전부터 이곳에서 농사를 짓고 물고기를 잡으며 살았어. 포르투갈로부터 해방될 때 나는 아이였지. 어른들은 드디어 고향으로 돌아간다고 좋아했어. 한번은 아빠 손을 잡고 인도 복귀 시위에 참가한 기억도 나. 그리고 얼마 후 고아는 인도가 되었어. 우리는 거리로 나가서 인도 군대를 환영했어. 여자아이들이 꽃다발을 군인에게 건네주었지. 그런데 꽃을 받은 군인의 표정이 어쩐지 이상했어. 귀찮은 것이었을까? 아니, 그보다는 기분 나쁘다는 표정이었어. 나중에 알고 보니 꽃을 준 아이는 그들에게 그저 천민에 불과했던 거야."

페르난데스는 둑이 터진 강처럼 수많은 이야기를 내게 토해냈다.

"힌두교를 믿지 않는 우리는 오염된 사람이래. 함께 살 수 없는 더러운 사람이래. 그렇게 말하면 자기들은 깨끗한 사람이 되는 거야? 한동네에 살고, 그들도 한때 식민지의 백성이었잖아. 우리가 그들과 왜 다른 거지? 웃기는 일이야. 환타, 나는 차라리 그때가 좋았던 것 같아. 어차피 높은 사람은 그때나 지금이나 우릴 괴롭혀. 그보다 내가 동포라고 생각했던 이들이 우릴 저주하는 지금이 더 괴로워. 그때는 싸울 상대가 있었는데 지금은 그조차 찾지 못하겠어."

그의 눈에 눈물이 맺혔다. 혼란스러웠다. 식민지 시절이 더 좋았다는 말이 당황스러웠고, 또한 이 상황이 이해되었기에 더 할 말이 없었다. 이날의 대화가 오랫동안 머릿속에서 떠나지 않았다.

### 뱀의 꼬리가 된 도시

비슷한 장면을 2014년 가을 홍콩에서 다시 보게 되었다. '우산혁명'으로 기억된 사건. 중국과 홍콩의 갈등을 지켜보는 일에 신난 서방 언론은 시위대에 찬사를 보냈지만, 나는 그 아슬아슬함을 견디기 힘들었다. 홍콩 시민 사회의 요구는 단순했다. 홍콩이 영국에서 중국으로 반환될 때 양국이 합의한 가장 중요한 원칙, 향후 50년간 홍콩인이 홍콩을 통치한다는 항인치항港人治港의 원칙에 따라 홍콩특별행정구의 행정장관을 직접 뽑게 해달라는 게 전부였다.

하지만 중국의 입장은 달랐다. 중국은 2003년 홍콩판 국가보안법 제정 시도라고 할 수 있는 국가안전법 사건(홍콩 기본법 제23조는 '국가 전복과 반란을 선동하거나 국가 안전을 저해하는 인물을 최대 30년형에 처할 수 있으며 이 조항에 따라 법률을 제정'할 수 있게 되어 있다. 이 조항에 의거해 중국 정부가 홍콩에 국가안전법 제정을 시도했다)이나 2012년 중국을 찬양하는 과목을 중고등 학교 교육 과정에 포함시키려 했던 국민교육 교과서 파동 등을 벌이며 지속적으로 홍콩의 자치권을 위협했다. 다행히 홍콩 시민 사회는 앞의 두 사건을 막아내는 데 성공했다. 우산혁명이 폭발한 배경에도 두 번의 승리 경험이 크게 작용했다.

우산혁명 당시 중국 정부는 자신들이 세 명의 후보를 내면 홍콩 시민이 그중 하나를 뽑는 방식의 행정장관 직선제를 제시했다. 중국 정부가 정한 세 후보는 모조리 친중 인사로 채워질 게 불 보듯 뻔했다. 내가 고른 왕서방 1, 2, 3 중 한 명을 뽑으라는 말에 홍콩 시민이 분노한 건 당연한 일이다. 후보 선출권이 배제된 채 허울만 남은 직선제는 시민에 대한 기만이다.

초기에 대중의 폭발적인 호응을 받으며 홍콩의 심장이라고 할 수 있는 센트럴의 주요 거점을 점거한 시위는 우리에게 익숙한 장면이다. 그러나 봉기의 효과는 딱 여기까지였다. 경제 마비, 관광객 감소, 실업자 양산 따위를 말하며 시위대의 해산을 요구하는 신문기사가 매일 쏟아졌다. 시간이 흐를수록 혁명은 점차 대중의 관심에서 멀어졌다.

민주주의도 좋지만 우선 먹고사는 게 중요하다는 논리가 보도될 때마다 나는 묘한 기시감을 느꼈다. 시민을 자극할수록 시위대의 수가 늘어난다는 사실을 깨달은 중국 정부는 언론을 통해 경제 위기론을 설파하는 쪽으로 대응 방향을 틀었다. 이후 지루한 공방전이 이어졌고, 센트럴 시위를 주도하던 교수와 학생, 지식인 세력이 정부에 투항하며 운동의 동력이 사라졌다. 시위대 본대는 서민들의 상업지구인 몽콕Mongkok으로 자리를 옮겨 대항하는가 싶더니, 이내 진압당하고 말았다. 실패 후 남은 건 무기력이다. 시민들은 이 실패를 통해 시민의 요구를 수용할 줄 알았던 후진타오胡錦濤 정부와 시민의 요구를 막무가내로 억압하는 시진핑習近平 정부의 차이를 실감했다.

모든 운동은 소수의 강경파와 다수의 금방 무기력해지는 대중을 한 그룹으로 한다. 홍콩 우산혁명에서 강경파는 잘 조직되었기보다는 그저 언어가 과격했을 뿐이었는데, 중국 정부는 그마저 허용하지 않았다. 이후 열린 총선거에서 홍콩 독립을 지지하는 젊은 의원이 대거 선출됐지만 이들은 중국 국기 아래에서 취임 선서 하는 것을 거부했고 이를 빌미로 의원직을 박탈당했다. 더 놀라운 일은 지역구 의원이 의원직을 잃었음에도 보궐선거를 치르지 않기로 했다는 점이다. 독립파 국회의원을 뽑은 지역구 주민에 대한 응징이 동시에 진행된 셈이다.

사태는 가라앉지 않았다. 무엇보다 중국을 비판하는 서적을 판매하던 코즈웨이베이 서점銅鑼灣書店의 사주와 직원이 연이어 사라지는 일이 발생했고 몇 달이 지나서야 그들이 중국에 억류된 사실이 밝혀졌다. 공동 사주 꽈이안호이桂民海가 파타야에서 납치된 데 이어 또 다른 사주 루이보呂波와 사업부장 쩡지핑張志平, 람웡키林荣基, 레이보李波가 순서대로 기소됐다. 태국 파타야와 홍콩에 있던 사람이 제 발로 중국으로 간 것일까? 상식적으로 납득이 되지 않는 이 사건에 대해서 중국 당국은 자수라 주장했지만 이를 믿는 홍콩 사람은 없었다.

사상이 몰락할 때 사람들은 돈에 몰려든다. 홍콩이 중국에 반환된 1997년, 홍콩의 총생산은 중국 전체의 30퍼센트에 육박했다. 인구 700만 명에 불과한 도시가 중국인 3억 명 이상의 역할을 해낸 셈이다. 나는 홍콩인이라는 선언, 차이니스가 아니라 홍콩 차이니스라는 말은 자부심의 근원이었다.

2019년 1월 홍콩 언론은 일제히 광둥성 선전深圳시의 총생산이 홍콩을 앞질렀다고 보도했다. 개혁개방 1번지인 광둥성 전체도 아니고, 광둥성 안에 위치한 경제특구이자 홍콩과 지하철로 연결된 도시 하나가 홍콩을 뛰어넘었다니! 그동안 홍콩 사람들이 발 마사지를 받고 해산물을 싸게 먹기 위해 다녀오던 도시가 자신들을 뛰어넘었다는 소식에 홍콩 전체가 충격에 빠졌다.

현재 홍콩의 경제력은 중국 GDP의 3퍼센트 정도를 담당하는 수준으로 축소되었다. 반환 후 20년 만에 벌어진 일이다. 더 이상 영화 〈첨밀밀甜蜜蜜〉의 주인공인 소군과 소정처럼 돈을 벌기 위해 광둥에서 홍콩으로 이주하는 이들을 찾을 수 없다. 대신 홍콩에서 가장 비싼 대저택과 아파트를 대량 매입해 부동산 값 폭등을 주도하는 중국의 부동산 개발업자만 보일 뿐이다.

홍콩이 중국에 반환된 1997년 이후에 태어난 세대가 아버지 세대에게 한다는 농담이 회자된 적이 있다.

"2047년이면 난 50살이다. 그때가 되면 지금 홍콩이 누리는 허울뿐인 자치도 끝나고 완전히 중국이 되어 있겠지. 당신들은 그때면 이미 죽었을 테니 상관없겠지만, 우린 고작 쉰일 뿐이다."

1958년에 고아에서 태어난 페르난데스가 내게 들려준 절규를 요즘 홍콩에서도 들을 수 있다. 나를 괴롭히는 압제자가 어느 나라 사람인지 뭐가 중요한가? 압제자는 압제자일 뿐이다. 나는 그 사이에서 우열을 가리지 않기로 했다. 식민 지배보다 동족 살인마 독재자가 낫다는 식의 논리 말이다.

## 지금 행동하지 않으면 내일은 없다

2019년 6월 체념한 줄 알았던 홍콩이 다시 요동을 치기 시작했다. 사실 중국에 반환된 이후 홍콩 시민들은 쉼 없이 싸웠다. 단지 우리가 그들의 외침에 귀 기울이지 않았을 뿐이다.

1850년 홍콩의 국회 격인 입법회가 처음 설치되었지만 1991년까지는 100퍼센트 간접선거로 의원을 선출했다. 이때까지 친영 단체 위주로 구성된 입법회는 정부 입법안의 거수기 노릇을 했다. 그런데 1984년 홍콩 반환협정 이후 영국은 홍콩에 민주주의를 이식하기로 결정했다. 영국령 시절 내내 주어지지 않았던 민주주의가 중국에 반환하기로 결정된 뒤 주어졌다는 것은 아이러니한 일이다. 이미 영국은 2차 세계대전 종전 후 인도 식민지에서 철수하면서 파키스탄을 분할 독립시켜 거대한 분쟁의 씨앗을 남긴 전례가 있다. 더 나아가 1991

년, 영국은 홍콩 반환을 6년 앞두고 입법회 60석 중 18석을 직선으로 선출하는 개혁을 단행했다. 중국 입장에서는 '반환 후 50년간 현행 제도를 유지한다'는 단서 조항을 영국이 악용한 꼴이었지만, 홍콩 시민은 더욱 넓어진 민주주의에 환호했다.

1997년 7월 1일 홍콩 반환 직후 중국은 1995년에 설립된 의회를 해산하고 2년 임기의 임시 입법원을 설치했으며 선거 제도를 대폭 후퇴시켰다. 홍콩 시민은 영국이 준 걸 중국이 빼앗아갔다고 생각할 수밖에 없는 상황. 영국이 홍콩에 남기고 간 민주주의의 씨앗은 홍콩 시민에게 주인의식과 홍콩인이라는 정체성을 심어주었다. 다만 그로 인해 앞으로 벌어질 중국과의 갈등을 피할 길이 없어졌다.

이후 앞에서 이야기한 것처럼 홍콩 시민은 2003년 국가안전법 사태와 2012년 국민교육 교과서 파동, 그리고 2014년 우산혁명을 거치며 중국과 갈등했다. 그러면서 기본법에 보장된 50년간의 일국양제一國兩制가 얼마나 허울뿐인 말장난인지를 깨달았다. 어느새 공공연히 홍콩의 독립을 이야기하는 시민이 늘어났다. 게다가 중국 당국에 의한 홍콩 내 반중 인사의 납치 사건이 몇 차례 이어지면서 민주주의는 홍콩인만의 문제가 아니라 홍콩에 사는 모든 인간의 문제라는 공감이 확장되었다. 이 상황에서 중국이 홍콩 행정당국을 동원해 범죄인을 중국으로 송환할 수 있도록 법 개정을 시도했다. 이에 홍콩 시민 사회는 중국의 광범위한 억압에 맞서 다시 한 번 저항을 시작했다.

2019년 6월 4일, 오후 8시. 취재를 위해 홍콩에 체류 중이던 나는 빅토리아 공원으로 갔다. 이날은 톈안먼天安門 시위 30주년을 기념하는 집회가 예정되어 있었다. 가이드북 취재를 위해 수도 없이 걸었던 그 길에 사람들이 가득했다. 코즈웨이베이역 A출구에서 빅토리아 공원으로 가는 300미터 남짓의 도로는 말 그대로 해방구로 변해 있었다. 공원에 도착했을 때, 마침 톈안먼 사태 희생자 유족들이 결성한 '톈안먼 어머니회'가 연설을 하고 있었다.

"사람들은 잊지 않을 것이다."

시민들은 손에 촛불을 들고 그들의 선창에 따라 한목소리로 외쳤다. 그리고 이어진 구호.

"지금 행동하지 않으면 내일은 없다."

그 자리에 모인 18만 명의 시민은 비장하되 두려워하는 기색이 없었고, 서로가 서로를 향해 웃을 만큼 여유가 있었다. 이렇게 2019년 범죄인 송환 반대 운동의 서막이 열렸다. 내일은 더 많은 사람이 광장으로 나올 것이라고 했다. 학생과 지식인, 일부 시민은 물론 심지어 홍콩의 주요 외국계 기업과 갤러리까지 집회가 열리는 날 재택근무와 휴업을 시행하며 시위에 동참했다. 홍콩에 거주하는 모든 이가 자유와 민주주의를 지키는 데 힘을 모았다는 뜻일 터. 이후 열린 집회에는 6월 9일에 103만 명, 16일에는 200만 명이 참가하며 숫자가 점점 불어났다. 행동에 나선 시민의 거대한 조류를 마주한 중국과 홍콩 행정당국은 결국 법 개정을 무기한 연기할 수밖에 없었다.

## 18

카지노 칩으로 우공이산

## 어깨를 맞댄 두 도시의 운명

편견은 경험에서 비롯된다. 나에게는 마카오가 그랬다. 학교에서 반공 교육이 필수이던 시절, 북한이 벌인 최은희, 신상옥부부 납치 사건이 마카오에 대한 나의 첫 기억이다. 초등학교 시절에는 〈지금 평양에선〉(1982~1985, KBS)이라는 제목의 드라마를 황금 시간대에 방송했다. 그 드라마를 보면 북쪽 사람들은 허구한 날 간첩을 보내 남한을 혼란스럽게 할 방법을 궁리하고 있었다. 쓸데없는 상상을 많이 하는 나에게 간첩이 휴대한다는 독침은 실질적 공포였다. 어둑한 저녁 가로등이 없는 으슥한 골목길을 지날 때면 모퉁이 뒤에서 누가 독침을 쏘지 않을지 걱정했다. 지금 생각해 보면 독침을 휴대한 간첩이 우글거린다 해도 그 비싼 장비를 지나가는 초등학생에게 쓸리 없는데 말이다. 어린 시절에 나를 떨게 한 공포는 늘 이런 식이었다.

마카오는 홍콩 가이드북에 부록처럼 따라오는 도시다. 최은희 납치 사건에 더해 어린 시절의 갖은 망상이 겹쳐지면서 나는 마카오는 위험한 도시, 암흑가의 냄새가 물씬 풍기는 카지노 지역이라는 편견을 갖고 있었다.

나중에 알게 된 마카오는 홍콩과 여러모로 다른 도시였다. 홍콩 사람이 자신은 중국인과 다르다는 자부심을 느끼며 일등시민 의식을 갖고 있다면 마카오는 훨씬 더 중국에 친화적이다. 10년 전만 해도 홍콩 식당에서 중국 표준어인 푸통화普通話를 쓰면 제대로 대접받지 못했다. 반면 마카오에서 푸통화는 공식 언어 같은 지위를 누렸다. 홍콩인에게 중국인이냐고 묻는 건 정색을 불러일으키는 실례였지만 마카오 사람들은 훨씬 대범하게 반응했다. 어쨌거나, 사실을 고백하면 그때 나에게 마카오는 홍콩을 위한 숙제였다.

익숙하게 접하고 무심하게 지나쳤던 정보가 어느 순간 새로운 발견이라도 한 것인 양 다가올 때가 있다. 언젠가 마카오의 총면적과 비교할 한국의 도시가 어디쯤인지 찾아본 일이 있다. 마카오가 작다는 건 알고 있었다. 먼저 수도권의 몇몇 도시와 마카오를 비교했는데 어디와 비교해도 마카오가 더 좁았다. 생각보다 더 작다는 사실에 놀라면서 서울시 각 구의 면적을 차례로 입력해 봤다. 세상에! 마카오는 노원구보다도 작은 크기였다. 순간 정체를 알 수 없는 막막함이 밀려왔다. "이렇게 작았나?"라는 방백이 두어 번 입 밖으로 나왔다.

영국이 중국으로부터 홍콩섬을 할양받은 게 1842년이다. 영국은 천혜의 항구로서 이 섬이 가진 가치에 주목했지만, 곧

79제곱킬로미터에 불과한 섬에서는 자급자족이 불가능하다는 사실을 깨달았다. 본국에서 멀리 떨어진 식민지에서 물이나 식량을 확보하는 일은 안전을 보장하는 일이었다. 땅을 넓히는 게 급선무였다. 이에 영국은 1860년에 중국으로부터 카오룽반도九龍半島를 할양받았고 1898년에는 신제新界 지역까지 99년간 조차했다. 그 난리를 거치며 홍콩은 마카오의 38배나 되는 거대한 땅으로 거듭났다. 그래봐야 고작 서울의 두 배 크기지만 말이다.

홍콩은 한때 세계를 지배한 영국제국의 일원이 되었다. 주장珠江 하구에 위치한 마카오는 꾸준히 준설 작업을 하지 않으면 항구로 쓸 수 없는 반면, 홍콩은 항구로 쓰기에 훨씬 나은 조건이었다. 무엇보다 홍콩에는 자급이 가능할 정도의 땅과 인구가 있었다.

홍콩은 오랫동안 아시아를 대표하는 일종의 도시국가로 기능했지만, 마카오는 비좁은 땅에 인구를 수용하기도 벅찼다. 중국으로부터 물, 전기, 식량을 공급받지 못하면 아예 존립이 불가능했다. 바로 여기에서 두 도시의 운명이 갈렸다.

## 마카오의 변신

구글 지도에서 마카오를 검색하면 다리로 이어진 섬이 보인다. 지금은 하나의 섬처럼 보이지만 불과 20년 전만 해도 마카오 남단에는 섬이 두 개 있었다. 마카오 정부는 오랫동안 도박왕 스탠리 호Stanley Ho에게 주었던 카지노 사업 독점권을 경쟁 체제로 전환해 라스베이거스를 능가하는 위락 도시를 만들고자 했다. 하지만 라스베이거스가 우뚝 선 사막처럼 널찍한 땅이 마카오에는 없었다. 궁여지책으로 반도 남부의 바다 일부를 매립했지만 국제적인 카지노 리조트를 유치하기에는 턱없이 좁았다.

결국 남쪽의 콜로안섬(중국어로 루환다오路環島)과 타이파섬(중국어로 당자이다오氹仔島) 사이를 매립해 거대한 간척지를 만들기로 했다. 마카오는 민물과 바닷물이 교차하는 지역이다. 섬과 섬 사이에 제방을 쌓아 물을 빼내고 흙을 채워넣는 대공사가 10년 가까이 이어졌다. 전설 속에서는 산을 옮기려는 우공의 노력에 감복한 옥황상제가 그가 산을 옮길 수 있도록 도와주었다고 하는데, 21세기의 우공은 첨단 장비의 힘으로 진짜 바다를 메워 대지를 창조했다.

마카오 정부가 세운 원대한 기획은 세계적 카지노 기업을 이곳으로 불러 모았고, 결국 현재의 마카오를 만들어냈다. 무엇보다 마카오를 단순히 카지노가 아니라 전 세대가 함께 즐길 수 있는 위락 도시로 만들겠다는 이 영리한 기획은 그야말로 대성공이었다. 마침 중국의 시진핑 정부가 부패와의 전쟁을 선포해 중국 안에서 카지노 산업이 얼어붙기 시작하면서 마카오에 천운이 따랐다.

이제 마카오의 쇼핑몰 안에는 베네치아를 모방한 운하가 있고 그 사이로 곤돌라가 지나간다. 영화 〈베트맨〉의 촬영장처럼 꾸민 스튜디오 시티Studio City에서는 'DC 코믹스'의 여러 캐릭터를 만날 수 있다. 그런가 하면 최근에 문을 연 파리지앵 호텔Parisian Hotel 앞에는 정확하게 4분의 1 크기로 축소한 에펠탑이 서 있다. 윈팰리스Wynn Palace 호텔에서 호수를 가로지르는 케이블카를 무료로 타고 쇼핑몰로 건너갈 수 있다. 가족 여행객을 유치하기 위해 호텔 실외 수영장에 인공 파도가 치는 해변을 만들고 유수풀을 설치하는 등 마카오의 변화는 그야말로 눈부시다.

도시가 생존의 기로에서 선택한 카지노 산업은 확장을 거듭했고, 도시의 한 구역을 거대한 엔터테인먼트 공간으로 만드는 전략은 주효했다. 사람들에게 요즘 마카오의 1인당 GDP가 세계 3위라고 말하면 모두 놀란다. 2018년 기준 1인당 8만 2,388달러. 마카오는 전 국민에게 기본소득을 지급하는 문제를 놓고 논의를 시작했다. 작아서 할 수 있는 게 없던 도시는 어느새 작아서 못할 게 없는 곳이 되었다.

## 욕망이 향하는 곳

마카오의 불야성은 누군가에겐 생존이 달린 문제고, 누군가에겐 욕망의 대상이다. 유물론자들이야 마음으로 물질을 바꿀 수 없다고 말하지만, 마카오의 풍경을 보면 그렇지도 않다. 결국 욕망이 모여 도시가 되었다. 물론 바벨탑처럼 한순간에 무너지게 될지도 모르지만 말이다.

가족 휴양지가 목표라지만 결국 마카오의 핵심은 카지노다. 리조트 곳곳에 성인만 입장할 수 있는 반짝이는 문이 있다. 별천지 같은 도시에서 유일하게 아이들의 출입이 금지

된 구역. 아이들 눈에는 천국에 선악과를 심어놓고 먹지 말라고 하는 것과 비슷해 보인다. 마카오에서 만난 한 중학생은 나에게 이렇게 말했다.

"이렇게 재미있는 도시에 어른만 갈 수 있는 곳이 있다니, 그곳은 얼마나 재미있을까요?"

마카오에 온 여행자들은 알게 모르게 카지노에 대한 편견을 지우고 '온 김에 한번 해 볼까'라고 생각하게 된다. 아이들은 놀이동산에 가기 위해, 주머니가 가벼운 여행자들은 무료로 교통수단을 이용하기 위해 카지노 셔틀버스에 탑승하며 서서히 도시의 분위기에 젖어든다.

취재를 위해 마카오를 들락거리던 초기의 일이다. 추수가 모두 끝난 어느 가을, 노동의 성과를 거둔 일군의 농민이 셔틀버스를 타고 카지노에 도착하는 광경을 보게 되었다. 그들이 입은 인민복은 옷감을 알아볼 수 없을 정도로 꼬질꼬질했고, 그들의 몸에는 도시에서는 맡기 힘든 노동의 냄새가 배어 있었다. 그들이 도착한 카지노에서는 용신이 이곳에 온 사람에게 복을 내려준다는 내용의 3D 영화를 무료로 상영했다. 농민들은 화면에서 금화가 떨어지자 두 팔을 들어 금화를 받는 몸짓을 하고는 뭔가에 홀린 사람처럼 카지노로 들어갔다.

나는 가끔 마카오의 불야성은 수많은 우공이 힘을 모아 만든 산이 아닐까라는 생각을 한다. 어떤 우공은 살기 위해 바다를 메웠고, 어떤 우공은 인생을 밝혀줄 일확천금을 찾아 카지노로 달려든다. 그 결과 마카오에는 에펠탑이 서고, 고담 시티가 들어섰다.

돌이켜 보면 신화 속에서 우공과 그의 가족이 산을 옮긴 동기도 결국 욕망이었다. 각자의 욕망은 한국의 검찰총장이 임명장을 받으며 인용한 『논어별재<sub>論語列裁</sub>』에 실린 시만큼이나 다르다. "길 가는 나그네는 맑기를 바라는데, 농부는 비가 오기를 바라고, 뽕잎 따는 여인은 흐린 하늘을 바라네"라던 구절 말이다.

#19

성 바울 성당 앞에서

## 마카오의 랜드마크

마카오는 항해 중 잠시 정박한 포르투갈의 배가 뻔뻔하게 500년간 눌러 앉으면서 세계사의 무대에 등장했다. 당시는 명나라 가정제嘉靖帝(재위 1521~66) 시절, 불로불사에 집착해 생명의 묘약을 만드는 데 재위 기간 전부를 쏟아부은 중국 최악의 혼군 중 한 명이 다스리던 때였다. 전제 정치 체제에서 통치자가 정사에 흥미를 잃어버리면 국가의 모든 부분이 빠른 속도로 부패하기 마련이다. 포르투갈이 오늘날 말레이시아의 영토인 말라카Malacca를 점령하자 말라카의 술탄은 중국 황제에게 도움을 요청했지만 황제는 주변의 소란에 애써 눈을 감았다.

포르투갈은 1535년 명나라로부터 이 지역에서 무역을 할 권리를 획득했고, 1557년에는 인근의 해적 소탕에 도움을 줬다는 공로로 거주할 수 있는 권리까지 획득했다. 거주 비용은 매년 20킬로그램의 은이었다. 포르투갈은 1863년까지 은을 임대료로 지불했지만, 말이 임대료이지 실상은 지역 관리에게 상납한 일종의 뇌물이었다.

아시아에서 가장 오랫동안 식민 지배를 당한 마카오에는 식민지 시대에 건설된 성당과 광장, 요새 등 수많은 건축물이 남아 있다. 그중 무려 30여 곳이 현재 유네스코 세계문화유산으로 지정되어 관광객을 맞이하고 있다. 식민지 시대가 통째로 인류가 기억해야 할 역사가 되어, 새로 만들어진 카지노와 함께 오늘날 마카오 경제의 두 축을 이루고 있는 셈이다.

포르투갈이 남긴 유산 중 가장 유명한 곳이자 말 그대로 마카오를 대표하는 랜드마크는 성 바울 성당의 유적Ruínas de São Paulo이다. 성당이라고 안 하고 성당의 유적이라고 하는 이유는 건물은 남아 있지 않고 전면 외벽만 남아 있기 때문이다.

17세기 초에 건축된 성당은 19세기 포르투갈에서 아버지, 큰아들, 작은 아들에 손녀까지 낀 왕위 계승 전쟁이 벌어지던 중에 의문의 화재로 소실되었다. 이 전쟁에서 형인 페드루 1세Pedro I는 입헌군주제를 지지했고 동생인 미구엘Miguel은 가톨릭 세력과 함께 절대군주제를 지지했다. 내전에서 승리한 페드루 1세는 그때까지 가톨릭이 소유하고 있던 재산을 국유화했다. 이 소란 속에서 1835년 마카오 성 바울 성당에 큰 불이 난 것이다.

# 동방의 사도

한때 로마 동쪽에서 가장 아름다운 성당으로 손꼽힌 성 바울 성당은 1582~1603년 사이에 완공되었지만, 얼마 지나지 않아 화재를 당해 1640년 재건되었다. 당시는 서유럽에서 로마 가톨릭이 계속 세를 잃던 시절이다. 가톨릭의 위기 속에서 출범한 예수회Society of Jesus는 유럽에서 잃은 힘을 동방에서 회복하기 위해 동방 전도를 기치로 삼았다. 단순하게 설명하면, 기업이 본국에서 경쟁력을 상실하자 해외 시장을 개척했다고 이해하면 된다. 예수회의 창립 멤버인 사비에르Francis Xavier는 1549년 일본에 도착해 네 명의 일본인을 개종시키며 포교를 시작했다. 당시 일본의 실력자 오다 노부나가織田信長는 기독교에 비교적 우호적이었고, 예수회도 일신교 특유의 빡빡한 교리를 주장하지 않았다. 기독교의 전통 교리를 100퍼센트 포도 주스라고 한다면, 예수회는 여기에 유교나 불교 같은 오디 주스가 좀 섞여도 포도의 함량이 높으면 포도 주스라고 보는 입장이었다. 그런데 종교도 세상 일과 다를 바 없어서, 한 집이 터를 잘 닦아놓으니 이내 경쟁자가 입맛을 다시기 시작했다. 곧 조금 더 보수적이고 완고한 도미니크 수도회Dominican Order와 프란체스코회Ordo Fratrum Minorum가 일본에 도착했다. 이들은 오직 100퍼센트 포도 주스만 예수의 가르침이라는 주장을 폈다. 이 순간부터 막부와의 갈등은 불 보듯 뻔한 일. 결국 1597년 나가사키長崎에서 스물일곱 명의 예수교 신자가 처형을 당하고 1613년에는 아예 예수교 금지령이 내려졌다.

이로 인해 한때 주요 다이묘 중 한 명이자 임진왜란 당시 조선 침공의 선봉장이었던 고니시 유키나가小西行長까지 신도로 두었던 일본의 예수교는 궤멸되었다. 위기감을 느낀 기독교인들은 일본을 탈출 마카오에 정착하기에 이르렀는데, 당시는 성 바울 성당이 1차 화재 이후 재건 중이던 시점이다. 다수의 장인이 포함된 일본인 종교 난민은 성 바울 성당에 여러 흔적을 아로새겼다. 그들은 일본식 한자와 국화菊花 문양으로 예수의 성상icon 주변을 채웠다. 기독교 전통으로 본다면 꽤 생경한 그림이지만 유연한 신앙을 가진 예수회의 기준에서 본다면 꽤 괜찮은 현지화 전략이었다.

성 바울 성당은 예수회의 동방 전도를 위한 교육기관이자, 동아시아에 최초로 세워진 유럽식 대학이기도 했다. 당시 성당에서 동방으로 파견할 선교사에게 가르친 정규 과목은 신학을 비롯해, 수학, 지리, 천문학, 중국어, 포르투갈어, 라틴어였고, 비정규 과목으로 일본어 교육도 이루어졌다. 참고로 청나라 시대의 대선교사인 마테오 리치Matteo Ricci도 이곳 출신이다.

일본 포교에 실패한 예수회는 중국으로 눈을 돌렸다. 예수회의 유연함은 중국에서도 통했다. 그들은 중국에서 하느님을 부르는 이름이 천주天主든 상제上帝든 혹은 그냥 동양 사상의 여러 개념 중 하나인 천天이든 상관하지 않았다. 공자나 조상을 모시는 제사는 그 사회의 관습으로 인정했다. 이쯤 되니 중국인도 서양에서 온 종교에 거부감을 느낄 이유가 없었다.

이번에도 문제는 경쟁 단체였다. 예수회를 따라온 도미

니크회와 프란체스코회는 중국에서도 소금을 뿌렸다. 그들은 하느님은 반드시 천주라 불러야 한다고 주장했고 그 어떤 제사도 금지했다. 그들이 유교 문화권에서 애지중지하는 신주를 박살내자 문명국임을 자부하던, 그리고 당시 기준으로는 서양에 비해 훨씬 다원주의에 가까웠던 중국은 분노했고, 선교 활동은 다시 한 번 금지됐다. 이후 예수회를 비롯한 그 어떤 기독교 단체도 중국에서 초기와 같은 열렬한 호응을 얻지 못했다.

## 프란치스코는 사비에르가 될 수 있을까

프란치스코Francis 교황이 콘클라베Conclave(가톨릭 교회에서 교황을 선출하는 추기경단의 선거회)에서 새 교황으로 선출되던 날 나는 작은 기대를 품었다. 최초의 교황인 베드로Petrus 이후 266대를 내려온 가톨릭 교회에서 수도회 출신이 교황으로 선출된 경우는 서른한 명인데, 이중 프란치스코는 유일무이한 예수회 출신 교황이다. 즉 그가 보여준 열린 사고와 유연한 행동은 개인의 성향이기도 하지만 예수회가 추구해온 신앙의 방향이기도 하다. 프란치스코는 젊은 시절에 일본 선교를 꿈꿨다고 한다. 즉 예수회 출신인 그에게 동방 선교는 일종의 염원이자 정체성인 셈이다.

교황은 최근 중국과 꽤 재미있는 합의를 했다. 중국은 지금까지 교황의 고유 권한인 주교 임명권을 무시하고 국가가 애국교회를 운영하며 주교도 직접 임명했다. 이로 인해 교황청과 중국 정부 사이의 반목이 커졌다. 게다가 교황청은 타이완과 수교를 맺은 상태라 갈등의 골이 꽤 깊다. 하지만 이번 합의를 통해 중국 정부는 그간의 자세를 바꿔 교황청을 인정하고, 교황청은 중국 정부가 임명한 주교를 인정하기로 했다.

전임 베네딕토 16세Benedictus XVI가 중국이 임명한 주교를 모두 파문하는 것으로 대응했던 상황에 비하면 프란치스코 교황은 예수회다운 유연함으로 문제를 해결했다고 볼 수 있다. 사비에르가 유교를 비롯한 전통 문화의 존재를 인정하고 동방 선교의 길을 낸 것처럼 프란치스코는 공산당이 지배하는 체제의 현실을 인정하며 다시 한 번 중국으로 향하는 물꼬를 튼 셈이다. 사실 예수회의 목표는 예나 지금이나 똑같다. 시장 점유율이 지상 목표라는 이야기다. 유독 예수회 성당이 많은 마카오, 그중에서도 성 바울 성당 앞에 설 때면 예수회를 둘러싼 역사와 현재 동아시아에 펼쳐진 거대한 장기판이 머릿속을 스쳐 지나간다. 프란치스코는 새 시대의 사비에르가 될 수 있을까?

나는 마카오 시내 가판에 걸린 『사우스차이나모닝포스트South China Morning Post』를 보며 "예수회가 드디어 예수회했구먼"이라고 혼잣말을 뱉었다.

## 20

오리지널이라는 환상

## 난데없이 타오른 불고기 논쟁

얼마 전 맛칼럼니스트 황교익 씨로 인해 난데없이 불고기 논쟁이 시작되었다. 5,000만 한민족이 모두 단군 할아버지의 자손이라는 노래를 온 국민이 따라 부르게 했던 누군가의 의도가 꽤 성공적이었는지, 한국인은 우리 것과 남의 것을 구분하는 일에 예민하다. 아무리 생각해도 설탕과 양조간장이 아닌 조선간장으로 밑간을 한 옛날의 고기구이는 지금의 불고기와 다른 맛이었을 텐데도 사람들은 "불고기는 일본에서 전래되었다"라는 황 씨의 말에 분통을 터트렸다.

　이미 비호감 낙인이 찍힌 황교익 씨의 역성을 든다는 건 상당한 용기가 필요한 일이지만, 좀처럼 이런 일을 그냥 보고 넘어가지 못하는 나는 SNS에 짧은 글을 남기며 뜨겁게 달궈진 불판 위에 발을 올렸다. 그때 쓴 글의 내용은 다음과 같다.

베이징 스차하이(什刹海)에 가면 도광제 28년, 즉 1848년에 영업을 시작한 카오러우지(烤肉季)라는 식당이 있다. 한국 가이드북(그래봐야 내 책이다)에 따르면 몽골식 불고기집이다. 170년의 역사를 자랑하는 이 집의 불고기는 한국의 그것과 무척 비슷하다. 양고기를 얇게 저민 뒤 간장, 요리술, 삭힌 새우젓, 파채, 고수 등으로 밑간을 하고 불에 굽는데, 마지막에 설탕으로 간을 조절한다. 양고기라는 점, 고수가 들어간다는 점만 빼면 현대 한국의 불고기와 상당히 유사하다.

물론 나는 한국의 불고기가 베이징 카오러우지에서 비롯되었다는 주장을 하려는 게 아니었다. 우리가 접하는 세상 모든 것 중에 그것을 처음으로 만든 사람과 그것이 유래한 지역을 정확하게 밝힐 수 있는 경우는 지극히 적다는 이야기를 하고 싶었다. 특히 요리는 거의 대부분이 문명이 충돌하는 곳에서 탄생했다. 지금도 베이징의 노인들은 카오러우지 불고기를 '몽골 불고기'라고 부른다. 조리법이 원나라 시절의 방식에서 유래했는지, 혹은 청나라 시절 베이징 외성에 거주하던 만주 팔기들에 의해 전파되었는지 분명하지 않다. 이처럼 오늘날 중국에는 유래를 파악하기 어려운 문화와 풍속이 많은데, 문화혁명 때 소실된 자료가 너무나 많기 때문이다. 하지만 한족과 여진족, 한족과 몽골족의 역사가 평화롭지 않았던 것만큼은 우리 모두 알고 있다. 음식이란 늘 이런 식이어서, 아무리 불구대천의 원수 사이라고 해도 요리만큼은 경계를 넘어 뒤섞였다. 난 이 이야기를 할 때마다 "아무리 비극적 만남이라 하더라도 완전한 비극은 존재하지 않는다"라고 설명하는데, 실제로 그렇다.

　　일본 문화에 대한 혐오가 극에 달했던 1980년대 대한민국에서는 매년 어린이날이 되면 애꿎은 만화책과 비디오테이프를 공개 화형하는 행사가 열리곤 했다. 그래도 단무지가 왜색이라고 손가락질하지는 않았다. 서슬 퍼런 국가보안법 아래에서 북한에 우호적인 말을 한마디라도 하면 어디론가 끌려가 거꾸로 매달리던 시절에도 평양냉면을 먹는 건 문제 삼지 않았다. 이처럼 음식은 역사와 정치 너머 어딘가에 존재한다. 문재인 대통령과 김정은 국방위원장이 판문점에서 처음 만난 날, 우리가 가장 궁금해한 것도 남북한의 내일이 아니라 평양 옥류관의 냉면 맛이 아니었던가.

### 새로운 문화의 탄생-식민 지배의 아이러니

음식의 탄생을 이야기할 때 빠지지 않는 감초가 있다. 바로 마카오 여행의 필수 코스인 '아프리칸 치킨'이다. 마카오는 아시아에서 가장 오랫동안 식민 지배를 당한 지역이다. 마카오를 지배한 포르투갈은 대항해 시대를 처음 연 해상 왕국이었다. 한때 포르투갈은 아프리카 동서 해안부터 인도의 고아와 스리랑카를 지나 동쪽 끝 마카오까지 드넓은 세계를 지배했다. 수에즈 운하가 열리기 전, 유럽에서 아시아로 향하는 모든 배는 아프리카 대륙을 빙 도는 길고 긴 항해를 감내해야 했다. 리스본에서 출발해 마카오로 향하는 연락선은 약 1년간 바다 위를 떠다녀야 했다. 배에 1년 치의 식량을 보관할 수는 없는 일. 당연히 연락선은 아프리카의 모잠비크Mozambique와 인도의 고아 등 자국의 식민지에 기항하며 식량을 보충했다.

　포르투갈의 전통 요리는 매운맛과 거리가 멀었다. 그들은 올리브유와 토마토, 유제품과 해산물로 밥상을 채웠지만, 기후가 다른 기항지에 그런 식재료가 있을 리 만무했다. 대신 모잠비크에서는 포르투갈인이 일찌감치 아메리카 대륙에서 옮겨온 고추를, 고아에서는 온갖 종류의 향신료를 보충했다.

　아마도 이 뱃길을 처음 항해하는 선원은 무척 당황했을 것이다. 고추와 향신료로 도대체 뭘 만들어 먹으라는 말인가. 엎친 데 덮친 격으로 지겨운 배 생활에 위안을 줘야 할 와인은 적도를 통과하며 셔 꼬부라진 식초로 변했다. 고난의 항로에서 음식이 태어난 것은 문명의 우연일까 필연일까.

　와인병을 따서 한 모금 맛을 본 선원은 화를 참지 못하고 병을 바다에 내던졌을 터. 그런데 하필 고아 항구에서 짐을 나르던 인도인이 바다를 뒹굴던 와인병을 집으로 가져갔다. 그

날 그 집에서 만든 음식이 고아 특유의 톡 쏘는 향내가 일품인 '커리빈달루'가 되었다. 이와 비슷한 문명의 교류가 마카오에서도 계속되었다. 바다 위에서 1년이나 고추와 향신료에 절어 생활하면서 선원들의 입맛은 본국을 출발했을 때와 완전히 달라졌다. 게다가 마카오라고 포르투갈에서 먹던 식재료가 있는 건 아니었으니, 그들은 적당한 대체품을 찾기로 했다. 올리브유를 중국산 땅콩기름으로 대체하고 양배추 대신 초이삼Choy Sum을 넣어 고향에서 먹던 프랑코 그렐랴두Frango Grelhado(포르투갈식 닭구이)를 만든 것이 오늘날 전 세계인의 입맛을 사로잡은 아프리칸 치킨의 유래다. 포르투갈의 닭구이는 모잠비크에서 가져온 피리피리 고추와 인도에서 온 향신료에 마카오에서 구한 땅콩기름과 화력 좋은 석탄을 만나 아프리칸 치킨으로 다시 태어났다. 신대륙의 브라질을 제외한 당시 포르투갈의 모든 식민지가 이 요리의 탄생에 기여한 셈이다. 마카오식 요리의 대표로 분류되는 아프리칸 치킨은 이름과 달리 아프리카에서는 맛볼 수 없다. 온갖 대륙의 식재가 혼합된 이 요리를 처음 만든(혹은 처음 만들어 판) 요리사도 적당한 이름을 찾는 데 꽤나 애를 먹었던 것 같다. 어쨌거나 매운 커리 소스를 끼얹은 튀긴 닭 요리보다는 아프리칸 치킨이 훨씬 그럴듯하게 들린다.

포르투갈의 식민 지배는 꽤나 가혹했다. 아프리카 서해안에서 노예 사냥을 시작한 나라가 바로 포르투갈이다. 접시 위의 닭 튀김이 식민지 수탈이 초래한 거대한 비극 속에서 겨우 찾은 긍정적 유산이라고 생각하니, 음식 맛이 묵직하게 느껴진다.

3장

여행자의 인사법

#21

그가 듣고 싶어 하는 이야기를 하라

## 괴물들이 사는 나라

1999년에 겪은 일이다. 그때 대한민국 여권 소지자는 파키스
탄에 무비자로 입국할 수 있었다. 그런데 제3세계 국가의 공
무원은 자기 나라 정부의 시책을 제대로 모르는 경우가 많다.
파키스탄은 지금도 여행객이 드문 나라지만 1999년에는 한국
인 여행객이 더욱 드물었다. 인도-파키스탄의 국경을 지키던
관리는 태어나서 한국인을 처음 본 것 같았다. 나는 그와 입국
여부를 놓고 한참을 옥신각신했다.

"글쎄 한국인은 파키스탄에 무비자로 입국할 수 있다고!
잘 모르겠으면 네 보스에게 물어봐."

"내가 보스인데 누구한테 물어보라는 거야? 비자 없이는
들어올 수 없어."

더 이상 할 말이 없었다. 출입국관리소에서 일하는 대부
분의 직원은 인도인과 파키스탄인의 출입국을 담당했고, 그

밖의 외국인의 출입국을 관리하는 사람은 이 친구뿐이었다. 결국 수도 이슬라마바드Islamabad에 있는 외무부로 팩스를 보낸 뒤 답신이 올 때까지 기다리는 수밖에 없었다. 나는 그와 농담을 하며 외무부의 연락을 기다렸다.

처음에 그는 "볼펜 있니? 볼펜!"이라는 말을 연발했다. 외국인 여행자들이 선물이랍시고 왕창 들고 다니던 볼펜 같은 기념품을 내게 얻으려고 한 것이다. 나는 짐을 줄인다는 이유로 팬티도 달랑 한 벌만 가지고 다녔으니, 그에게 줄 볼펜이 있을 리 만무했다. 이내 실망한 그는 뜬금없이 인도에 대한 험담을 늘어놓았다.

"인도는 정말 끔찍한 곳이야. 그런 동네에서 3개월이나 있었다고? 정말 대단하다."

그의 말을 듣고 불과 1시간 전에 겪은 일이 떠올랐다. 인도에서 출국할 때, 그쪽 공무원도 내게 비슷한 이야기를 했다.

"지금이라도 다시 생각해봐. 세상에! 파키스탄에 도대체 왜 가려고 하는 거야? 거긴 인도처럼 안전한 나라가 아니라고!"

그 말을 듣고 속으로 '넌 너희 나라를 잘 모르는구나'라고 생각했지만 겉으로는 호응하는 척했다.

"그러게 말이야. 무슬림이 득실득실한 나라에 가야 하다니, 너무 무서워. 하지만 어쩔 수 없어. 훈자Hunza를 거쳐서 중국으로 가야 하거든."

"그렇다면 비행기를 타야지! 왜 저런 괴물들이 사는 나라를 지나가려는 거야?"

나는 한숨을 크게 내쉰 뒤 이어서 말했다.

"비행기 탈 돈이 없어."

그런 내가 정말 딱해 보였는지 그는 차이를 한 잔 끓여주었다. 그리고 이제 파키스탄의 입국장에서 똑같은 연기를 할 차례였다.

"그러게 말이야. 인도 애들은 입만 열면 거짓말을 하더라고. 내가 여행을 꽤 다녔는데, 그런 나라는 처음이라니까."

"세상에나! 그곳에서 용케도 살아서 나왔구나. 정말 무자비한 놈들이라고 하던데…."

"그거 알아? 인도에서는 '파키스탄으로 꺼져'라는 말이 가장 심한 욕이야. 나도 몇 번이나 들었어. 그때마다 얼마나 파키스탄에 오고 싶었는지 아니. 암리차르Amritsar행 기차표를 끊어달라고 애원하고 싶었다니까!"

이런 대화가 오가는 동안 그의 마음이 열리는 게 눈에 보였다. 그는 이슬라마바드의 외무부로 보낸 공문은 더 이상 신경 쓸 필요 없다고 하더니 책을 한 권 꺼내서 한국이 무비자 국가라는 사실을 확인했다. 그러고는 자신이 이 사실을 처음 발견한 사람인 것처럼 기뻐하며 내 여권에 도장을 찍어줬다. 한 술 더 떠서 내게 명함을 주며 파키스탄에서 곤란한 일이 생기면 연락하라고까지 했다.

거기에 가는 길을 나는 모르지만,

저리로 간다면 그곳에 도착할 수 있을지도 모른다오

"그가 듣고 싶어 하는 이야기를 하라." 이 말은 인도에서 가장 유명한 격언이다. 내가 인도와 파키스탄의 출입국관리소 직원을 연달아 만나면서 재빠르게 태세를 전환할 수 있었던 까닭은 인도 여행 내내 이 경구의 의미를 뼈저리게 체험했기 때문이다. 인도를 여행한 사람은 인도인은 거짓말을 밥 먹듯이 한다고 느끼기 마련이다. 여기에는 두 가지 이유가 있는데, 첫째는 우리가 인도에서 만나는 호객꾼이 대부분 그 사회의 극빈층에 속해 있기 때문이다. 그들은 돈 많은 외국인에게 거짓말을 해서 몇 푼을 갈취하는 데 거리낌이 없다. 자신에게는 그 몇 푼이 온가족을 먹여 살릴 돈이지만 여행자에게는 있어도 그만 없어도 그만인 돈이라고 생각하기 때문이다. 사실 이건 여행자들이 자초한 바가 크다.

하지만 여행자가 인도의 거리에 뿌리는 100루피가 절실하지 않은 중·상류 계층의 인도인도 거짓말을 입에 달고 사는 것처럼 보일 때가 많다. 이것은 거짓말이라기보다는 우리와 다른 인도 특유의 대화법이다.

어느 무더운 5월, 바람만 불어도 뺨이 익을 것 같은 날 당신은 땀을 뻘뻘 흘리며 델리 시내를 걷고 있었다. 델리의 국립박물관에 가야 하는데 스마트폰의 지도 GPS가 먹통이 되었다. 당신은 거친 숨을 몰아쉬며 나무 그늘에 누워서 낮잠을 자던 인도인에게 다가가 길을 물어보았다.

"델리 국립박물관을 찾고 있어요. 어디로 가야 하죠?"

단잠에서 깬 인도인은 짜증이 났지만 땀범벅이 되어 다 죽어가는 표정으로 고통스러워하는 외국인 여행자에게 연민을 느꼈다. 그런데 그는 국립박물관이 어디에 있는지 몰랐다. 실은 델리에 그런 곳이 있다는 얘기를 여행자에게 처음 들었다.

우리가 가진 상식으로는 "미안하지만 저도 길을 몰라요"라고 말하는 것이 올바른 대답이지만, 인도에서는 사고가 다른 방향으로 흘러간다. '저렇게 힘들어하는 이에게 길을 모른다고 말할 수는 없어. 만약 내가 모른다고 하면 저 여행자는 절망한 나머지 탈진해 죽어버릴지도 몰라. 그럴 수는 없지. 그에게 희망을 주어야 해'라고 생각한 그는 손가락으로 아무 곳이나 가리키며 말했다.

"허허, 젊은이. 날이 더운데 박물관을 찾느라 고생이 심하구려. 저리로 가면 된다네."

그가 가리킨 곳에 박물관이 있을 수도 있고 없을 수도 있다. 신의 가호가 있다면 박물관에 무사히 닿게 될 것이다. 단지 그는 여행자가 실망하지 않고 목적지를 향해 계속 나아갈 수 있도록 희망을 준 것뿐이다. 거짓말 아니냐고? 정말이다. 단지 참과 거짓 가운데, 혹은 희망과 절망 가운데 무엇을 더욱 중요하게 생각하는지가 다를 뿐이다. 그는 여행에 지친 당신이 희망을 찾고 있다고 느꼈고, 그래서 당신이 듣고 싶어 하는 말을 해주었다. 물론 한국인의 사고방식에 비추어 볼 때 이건 모두 새빨간 거짓말이지만 말이다.

# 이란 굿? 이란 굿!

파키스탄으로 간 나는 우여곡절 끝에 중국이 아니라 이란으로 발길을 돌렸다. 당시는 파키스탄이 인도에 맞서 핵실험을 한 직후였고, 파키스탄인은 자신들이 핵무기 보유국이라는 데 강한 자부심을 느꼈다. 여행 내내 "너희 나라도 핵무기가 있니?"라는 질문이 늘 나를 따라다녔고, 그럴 때마다 나는 풀이 죽은 목소리로 "아니, 없어"라고 대답해 그들을 기쁘게 했다.

파키스탄-이란 국경인 미르자베Mirzaveh에서 나를 만난 이란인 출입국 심사원도 한국인이 신기했는지 쉬지 않고 이런저런 질문을 했다. 또한 인도에서 구입한 인도 영화 DVD와 볼리우드 음악 카세트테이프가 이란의 국시에 위배된다며, 이란에서는 절대로 개봉하면 안 된다는 당부와 함께 그것을 봉인하느라 입국이 지연되었다.

출입국 심사원이 듣고 싶었던 대답은 내가 이란에 호의적이라는 증거였다. 그는 나에게 "호메이니 굿?", "하타미 굿?"이라고 물어봤다. 당시의 최고 종교 지도자에 대해 묻는 "하메네이 굿?"도 있었는데, 그에 대해서는 나쁜 이야기를 많이 들어서 도저히 '좋다'고 대답할 수 없었다. 나는 "호메이니, 하타미 굿! 하지만 하메네이는 누군지 몰라"라고 에둘러 대답했다. 심사원이 한 질문 세 개 중에서 두 개에 흔쾌히 동의한 탓인지, 나는 봉인 작업이 끝나자마자 이란 땅에 발을 디딜 수 있었다.

이란인은 대부분 영어를 못했지만, 이 네 마디만큼은 할 줄 알았다. 위에 언급한, 호메이니, 하타미, 하메네이에 이어

"이란 굿?"이라는 질문이다. 그들이 '○○○ 굿?'이라고 끝을 올리며 묻는 말에 나는 '○○○ 굿!'이라고 느낌표로 대답해주면 충분했다.

　　나라마다 그 나라 사람들이 듣고 싶어 하는 말이 있다는 걸 깨닫자 여행이 꽤 편해졌다. 그들이 듣고 싶어 하는 말을 해주는 게 어려운 일도 아니고, 대답을 고민해야 할 만큼 어려운 주제도 아니었다. 한번은 장난삼아 어느 식당에서 "노"라고 했다가 식당 안에 있던 스무 명, 도합 마흔 개의 눈동자가 동시에 얼어붙는 광경을 목격하기도 했다. 그런 긴장을 피하기 위해서라도 여행에서는 "예스"라는 대답에 후해져야 한다.

　　나는 한국에서는 꽤 까칠한 편이지만 여행을 할 때는 눈치껏 행동한다. 외국인 여행객은 낯선 여행지에서 자칫하면 사면초가 신세에 빠지기 쉽다. 자신의 안전을 위해서라도 여행지의 주민에게 친근히 다가가는 일이 중요하다. 나는 가끔 외국 공항에서 북한 사람과 마주쳤는데, 그때마다 '북한'이 아니라 '공화국'이라고 말했다. 이런 방식으로 의사소통을 하면서 예상 밖의 호의를 돌려받기도 했다. 외국의 북한 식당에서 밥을 먹는데 종업원이 쓱 하고 다가와 대동강 맥주 한 병을 주고 간 적도 있다.

　　요즘 한국에서는 〈어서 와 한국은 처음이지〉라는 예능 프로그램이 방영 중이다. 텔레비전과 담을 쌓고 살지만, 그 방송의 인도 편은 챙겨 보았다. 마침 주인공 인도인이 친구들에게 한국의 동해East Sea를 일본해Sea of Japan라고 부르면 안 된다고 알려주는 장면이 나왔다. 그러자 또 다른 외국인이 등장해

서 동해를 일본해라 부르게 된 연유를 한국인의 시각에서 설명했다. 문득 인도와 파키스탄을, 그리고 이란을 여행할 때의 내 모습이 떠올랐다. "그가 듣고 싶어 하는 이야기를 하라"는 격언은 민족주의가 팽배한 제3세계에서만 통하는 말이 아니었다. 뒤바뀐 풍경을 보면서 실소를 참지 못한 건 비밀이다.

#22

상전벽해

## 역 앞의 사기꾼

뽕나무 밭이 시간이 지나 바다가 되었다는 뜻의 고사성어 상전벽해桑田碧海는 딱 중국을 위한 말이다. 2006년에 상하이 가이드북을 처음 쓰기 위해 취재를 갔다가 도시의 스카이라인을 카메라에 담았다. 어쩌다 보니 그 뒤로 매년 상하이에 갈 때마다 같은 자리에서 사진을 찍고 있는데, 10년이 지나니 이제 제법 괜찮은 GIF 애니메이션이 됐다. 첫 취재 때도 푸둥浦東 지구의 개발이 계획되어 있었고 어지간한 건물은 들어선 상태였지만, 그럼에도 매년 극적으로 변하는 스카이라인이 놀랍기만 하다.

상하이의 풍경이 하루가 다르게 변하는 중에도 인도에 대해서는 일종의 미신 같은 믿음이 남아 있었다. 사람들은 인도를 말할 때 "1000년 전에도, 지금도, 그리고 1000년 후에도 똑같을 것이다"라고 했다. 꽤 그럴듯한 말이어서 한동안 나도 여기저기에 퍼날랐다.

　　남의 동네만 변하고 내가 사는 곳은 변하지 않을 리 없건만, 사람들은 자기 동네의 변화를 망각한다. 늘 지나다니는 골목에도 새 건물이 올라가고 간판이 수도 없이 바뀌지만, 매일 보는 풍경은 더디게 변하는 것처럼 느껴진다. 나에겐 인도가 딱 그런 곳이었다. 도시와 사회는 급격히 바뀌었지만 사람은 여전히 그대로였기 때문인지도 모르겠다.

　　인도 여행이 어렵다는 말을 한 번쯤은 들어 봤을 것이다. 이 나라는 좀 특이해서 공항에서 시내로 나가는 과정에서부터 온갖 문제를 마주하게 된다. 인도 정부도 제 나라의 얼굴인 공항에서 발생하는 문제를 모를 리 없다. 정부는 경찰이 직접 운영하는 선불 택시 제도를 시행하는 등 여러 가지 대안을 마련했지만 효과는 미미했다.

　　그러던 중 뉴델리공항과 뉴델리역을 잇는 공항철도를 건설한다는 소식을 들었을 때 나는 마치 불패의 이지스함을 건조한 해양 대국의 대통령이 된 것마냥 우쭐한 기분이 들었다.

　　"이번만큼은 문제가 해결되겠지. 여행자들이 주로 머무는 뉴델리역 앞까지 철도가 이어지면 자기들이 무슨 수로 사기를 치겠어."

　　그런데 옆에서 내 말을 듣고 있던 인도인이 코웃음을 쳤다.

　　"우리가 순순히 이곳에 발을 디디게 할 줄 알아!"

　　공항철도가 완공되고 약 한 달 만에 나는 패배를 인정할 수밖에 없었다. 불과 몇백 미터도 되지 않는 거리에서조차 여행자를 속이려는 사람이 있었고 속는 사람은 여지없이 속았다. 그저 뉴델리역에서 육교 하나만 건너면 되는 짧은 거리였지만, 사기꾼들은 육교를 막고 통행료를 내라는 둥 밤이 늦어서 운영을 안 하니 택시를 타야 한다는 둥 온갖 방법을 고안해 여행자의 지갑에 달라붙었다. 새로운 교통수단이 생겼어도 내가 가이드북에 당부해놓은 주의사항은 분량이 줄어들지 않았다. 이 또한 인도의 변화가 더디게 느껴지는 이유인지도 모른다.

## 빠르게, 더 빠르게

최근 인도의 변화는 눈부시다. 20년 전만 해도 유선전화를 신청하면 1년씩 대기하고, 공중전화가 없어서 집에 전화를 설치한 사람이 남에게 전화를 빌려주며 먹고살기도 했다. 당시에는 국내건 해외건 전화를 걸기 위해서는 '전화가게'로 가야 했다. 가게마다 시내전화, 시외전화, 국제전화 라이선스가 따로 있었다. 한국에 전화를 걸기 위해서는 국제전화 마크를 찾은 뒤 1분에 얼마인지를 물어보는 게 먼저였다. 행여나 주인이 통화 시간을 조작할까봐 초시계로 시간을 쟀다. 1분 59초까지는 2분 요금만 내면 되지만, 어물쩍 거리다 1~2초라도 초과하면 그때부터는 3분 요금을 물어야 했다. 만약 계속 통화하고 싶은 사람이 있다면 이 핑계로 전화를 끊지 않았다. "어? 아우, 또 초과됐다. 50초만 더 이야기 하자. 이번엔 정신 차리고 끊을게"라고 말하던 시절에서 어느새 하나둘씩 노키

아 휴대폰을 사용하는 시대로 바뀌었다. 인도는 한국과 달리 유선전화에서 아날로그 무선전화를 거치지 않고 곧바로 디지털 무선전화로 직진했다. 꽤 낯선 풍경이었고, 그만큼 변화의 폭이 깊고 넓었다. 카메라만 보면 찍어달라면서 다가오던 사람들이 불과 1~2년 사이에 손에 스마트폰을 들고 능숙하게 셀카에 몰두했다. 요즘은 오히려 인도 사람이 내게 물어보곤 한다. 왜 그렇게 큰 카메라를 가지고 다니느냐고. 어떤 인도인은 외려 외국인의 어깨에 걸린 커다란 카메라를 구시대의 산물로 보기도 한다.

요즘 인도 사회의 화두는 간편 결제 시스템이다. 한국이 신용카드에 발목 잡혀 있는 동안 인도는 우리가 '○○페이'라 부르며 좀처럼 활용하지 못하고 있는 세계로 달려갔다. 인도의 금융 혁명을 페이티엠Paytm이라는 회사가 주도하고 있는데, 2016년 크리스마스를 기해 100일간 매일 전자 결제 이용자 1,000명을 추첨하여 1,000루피씩 지급하고, 매주 한 명에게 10만 루피를 경품으로 주면서 시장을 주도했다. 인도 사회는 매일 로또를 터트리며 간편 결제 사회로 숨 가쁘게 달려가고 있다.

3000년의 역사를 자랑하는 성지 바라나시의 판잣집만 한 구멍가게도 '페이티엠 받아요Paytm Available'라고 적힌 간판을 걸어놓고 있다. 1000년 전과 지금이 그대로이며 1000년 뒤에도 변하지 않을 것이라고 호기롭게 말했던 나라는 어느새 시골에 사는 이가 다 빠진 노인도 스마트폰의 QR코드를 태그해 간편 결제 시스템을 이용하는 나라로 변했다.

그 옆에서는 오토바이 엔진을 단 세발자동차인 오토릭샤 Auto-rickshaw 운전수가 운전대에 스마트폰 두 대를 올려놓고 손님을 기다리고 있다. 스마트폰 한 대에서는 내비게이션이 위치 정보를 알려주고, 다른 한 대에서는 카카오택시 어플리케이션과 비슷한 올라Ola가 쉬지 않고 손님이 기다리고 있는 곳을 알려준다.

전 세계가 현금 없는 사회를 향해 달려가고 있는 이때, 시대의 흐름에서 뒤처진 건 한때 IT 최강국을 자랑하던 한국일지도 모른다. 대한민국의 '현금 없는 사회' 계획은 2020년까지 현금이 아닌 동전 없는 사회를 목표로 삼고 있는 실정이다. 이미 꽤 많은 나라에서 신용카드는 외국인 여행자나 들고 다니는 구시대의 지불 수단으로 전락했다. 23년 전 갠지스강에서 석양을 바라보며 영원히 변하지 않을 것이라고 생각했던 나라의 극적인 변화가 좀처럼 믿기지 않는다.

#23

거리에서 만난 동화

## 길 위의 사람들

이 세상에서는 길이라고 부르는 가느다란 선을 따라 인간과 동물, 그리고 물류가 이동한다. 길의 고비마다 점으로 된 마을과 도시가 있고, 그곳에서 며칠 쉬며 주변을 둘러보다 또 길을 따라 다른 곳으로 가는 게 여행이다.

세계 여행을 하는 시대라지만 결국 우리가 딛는 곳은 선과 점이 연결된 세상이며, 우리는 그 가느다란 이어짐을 면이라고 착각할 뿐이다. 여행 경험이 적은 사람이 보기에 장기 여행자들은 단기 여행하듯 한 곳에서 2~3일 자고 다른 곳으로 이동하는 일을 반복할 것 같지만, 실제로 여행을 오래 하다 보면 장소를 옮기며 바삐 다니는 기간은 처음 2~3개월이 전부다. 그 기간이 지나면 여행자들은 전망 좋고 머물기 좋은 곳을 찾아 그곳에서 일주일이건 보름이건 머물며 도시의 구석구석을 훑어본다. 이때부터는 도시의 주요 볼거리, 유적지가 아니라 골목의 풍경, 시장에서 만난 소소한 간식, 그도 아니면 그 날 흘러간 구름의 모양이나 비가 와 꼼짝도 못하고 방구석에 앉아 일행과 고스톱을 친 기억이 더 강하게 남는 시간이 이어 진다.

희한하게도 여행을 하면 할수록 오래 머물고 싶은 도시의 목록이 늘어난다. 이것이 여행이 끝나지 않는 가장 큰 이유다.

늘 길에 머무는 직업을 가진 탓에 많은 사람을 만났다. 외 국인 친구가 많으냐는 질문을 종종 받는데, 사실 친구라고 부 를 만한 사람은 손에 꼽을 정도다. 직업상 만나는 사람과는 대 부분 이해관계로 묶여 있기 때문에 적당한 거리를 유지하는 일이 언제나 중요하다. 인도와 나의 관계는 첫 번째 여행을 기 준으로 23년, 처음 출간한 인도 가이드북 발행일을 기준으로 16년째 이어지고 있다. 그러다 보니 이제는 그동안 만난 이들 가운데 이 세상 사람이 아닌 이도 많다.

1996년 첫 인도 여행 때 자이살메르Jaisalmer에서 머문 숙 소의 주인은 자식에게 가게를 맡기고 뒤로 물러났다. 처음 만 났을 때 강보에 싸여 있던 갓난아이가 이제는 3대 주인이 되 어서 그 숙소를 운영한다. 요즘의 인도 젊은이답게 야심만만 한 그는 할아버지와 아버지가 추구해온 작지만 모두가 만족하 던 작은 숙소를 프랜차이즈화하고 있다. 그의 할아버지와 아 버지는 '설마 망하지는 않겠지'라는 생각으로 도전을 바라보 고 있지만, 얼마 전 만난 나에게는 은행 대출을 많이 받아서 걱정이라고 하소연했다.

# 인도식 토스트의 추억

그런가 하면 델리의 어떤 식당 주인은 내 덕에 인생 롤러코스터를 타기도 했다(그에게 늘 미안한 마음을 갖고 있다). 그는 델리의 여행자 거리에서 테이블이 네 개 딸린 손바닥만 한 식당을 운영하고 있었는데, 그 가게에는 유독 히피 여행자가 많이 찾아왔다. 타래머리를 하고 윗옷을 벗은 채 다니는 중년의 서양인 사내들은 아침마다 이 식당에 와서 의자 하나를 차지하고 ─이들은 주로 일행 없이 혼자 여행을 한다─ 블랙커피와 샌드위치를 주문한 뒤 거리 풍경을 멍하니 바라보며 시간을 보냈다. 중년의 히피들은 신문팔이 소년을 기다렸다. 이윽고 소년이 식당 문을 열고 들어오면 신문을 한 부씩 사서 읽었다. 누구는 『타임스 오브 인디아Times of India』, 누구는 『힌두스탄 타임스Hindustan Times』를 산 뒤 다 읽으면 자기들끼리 돌려 봤다. 도로와 맞닿은 식당이라 늘 소음과 씨름해야 했지만, 그들은 아랑곳하지 않았다.

　　나도 이 집이 참 좋았다. 당시 인도에는 토스트나 샌드위치를 주문하면 석탄불 위에 삼발이를 얹고 거기에 빵을 구워서 내주는 집이 대부분이었다. 화력이 센 탓에 빵의 겉면이 바삭하게 익었지만, 자칫 잘못하면 홀라당 타버리기 일쑤였다. 그런데 이 가게에는 샌드위치를 굽는 틀이 있었다. 강철 틀에 치즈를 넣은 빵을 집어넣고 가열을 하는 방식이라 골고루 잘 익었고 치즈도 쭉쭉 늘어났다. 별 것 아닌 것 같지만 인도에서 이 정도의 장비를 이용한 샌드위치는 꽤 특별했다. 커피도 밍밍한 인도 커피치고는 맛이 좋았다.

그리하여 나는 첫 책에 이 집을 소개했다. 그것도 꽤 높은 순위로. 2003년 『인도 100배 즐기기』가 출간되자 델리의 토스트 가게로 한국인 여행자가 몰려갔다. 과연 이 이야기의 끝은 어떻게 되었을까? 이듬해 델리를 다시 찾아갔을 때 그는 식당 문을 닫고 옷을 팔고 있었다. 영문을 몰랐던 나는 그에게 이유를 물어보았다.

"왜 가게를 바꿨어?"

"아휴, 말도 마라. 내가 네 책 때문에 고생한 걸 생각하면
…."

2003년 여름 그의 식당을 찾는 한국인 여행자가 급증했다. 한국인이 줄을 서기 시작하면서 벌이도 괜찮았다고 했다. 문제는 한국 대학의 여름방학이 끝나자 손님도 썰물처

럼 빠져나간 것이다. 여름 내내 한국인 손님이 몰려와서 왁자지껄한 분위기를 만드는 바람에 오랜 히피 단골은 모두 다른 집으로 떠나버렸다. 손님은 한국의 겨울방학이 시작될 무렵에야 다시 찾아왔다. 1년 중 여름방학 1개월, 겨울방학 2개월 동안만 장사해서는 도저히 버틸 수가 없었다고 했다. 그는 겨울이 지나고 파리만 날리는 식당을 바라보다 과감하게 옷가게로 업종을 바꿨는데 이마저도 신통치 않다고 하소연했다.

나는 이런 문제가 생길 것이라고 예상하지 못했다. 그저 '책에 실리면 도움이 되겠지'라고 기대했다. 결국 그에게 다음에 개정할 때 책에서 네 식당을 뺄 테니까 다시 식당을 차려 샌드위치를 부활시켜달라고 신신당부하고 헤어졌다. 약속대로 그 집은 가이드북에서 빠졌고, 식당은 다시 영업을 시작했다. 나 홀로, 혹은 인터넷에 방문 후기 같은 글을 올리지 않는 심드렁한 지인 몇 명만 슬쩍 데려가던 예전의 토스트 가게로 돌아온 것이다. 종종 주문한 음식이 늦게 나오면 나는 "이런 식으로 장사하면 다시 책에 소개한다"라고 농담을 건넨다. 그러면 주인은 제발 그러지 말라며 손사래를 친다. 그와의 관계가 어느새 십수 년째 이어지고 있다. 어떤 해에는 바빠서 눈인사만 하고 지나갈 때도 많은데, 그때마다 그는 "이번엔 많이 바쁜가봐"라며 안부를 물어본다.

## 조드푸르의 오믈렛 숍

반면 책에 소개해서 잘된 가게 중에서 첫째를 꼽으라면 단

연 조드푸르에 있는 작은 오믈렛 숍이다. 조드푸르는 라자스탄 서쪽에서 가장 큰 도시로, 인도공화국이 수립되기 전까지 말와르왕조의 수도였다. 라자스탄주는 예로부터 크고 작은 도시국가들이 난립하던 지역이었는데, 이 일대의 지배자인 라지푸트족은 전쟁을 일종의 게임으로 생각하는 경향이 강했다. 자기들끼리 내부 각축전이 상당히 치열했던 탓에 모든 주요 도시에 국가의 규모에 비해 큰 성채를 건설했다.

조드푸르의 메헤랑가르Meherangarh성은 인도에서 가장 아름다운 언덕 위의 성으로 유명하다. 문제는 꽤 괜찮은 볼거리에도 불구하고 여행자 편의시설이 부족해서, 예전엔 아침에 도착해 성만 보고 저녁에 다른 도시로 탈출하는 무숙박 여행이 주를 이루었다.

상황이 이렇다 보니 여행자가 배를 채울 만한 식당이 없었다. 그나마 숙소에 딸린 식당이 대안이었는데, 2000년대 초반 기준으로 달걀 프라이 두 개에 40루피나 했다. 다른 도시에서는 같은 값으로 달걀 두 개에 네 장의 버터 토스트와 볶은 감자를 먹고 커피까지 마실 수 있었다. 인도 물가를 아는 나의 입장에서 그 메뉴판을 보고 있자면 눈 뜨고 코 베어가는 느낌을 뛰어넘어 코를 내 손으로 잘라 바치는 기분이 들 정도였다.

이런 식의 부당함에 남들보다 화를 잘 내는 성격인 나는 무작정 거리로 뛰어나왔다가 한 식당을 발견했다. 이마가 훤한 중년의 사내가 운영하는 노점상이었는데, 달걀 프라이 두 개에 8루피, 빵 두 장에 달걀 두 개가 들어간 오믈렛은 12루피였다. 가격이 저렴했고, 무엇보다도 가게가 깨끗했다. 인도에서 노점 음식을 먹기 위해서는 상상을 초월하는 지저분함을 감수해야 한다. '어쨌거나 가열했으니 세균은 다 죽었겠지'라는 각오를 다진 후 포크를 들어야 하는데, 이 집은 뭔가 달랐다.

언젠가 그의 노점에 앉아 오믈렛을 먹고 있는데, 때가 꼬질꼬질한 아이가 달걀 두 개를 사러 왔다. 이 가게는 달걀 소매업도 겸했다. 달걀 하나에 2.5루피를 받던 시절, 아이는 파이샤(1루피는 100파이샤) 동전을 손에 가득 들고 있었다. 조드푸르에서는 거지도 파이샤 동전은 안 받았는데, 아이는 무슨 사연이 있는지 25, 50파이샤짜리 동전뿐이었다. 동전을 모두 합치니 겨우 5루피가 되었다.

인도라는 나라는 아이고 어른이고 행색이 남루한 하층 카스트에게는 대접이 달라진다. 하지만 식당 주인은 하층 카스트, 그중에서도 아이를 무시하는 여느 인도인과 달리 공손한 자세로 동전을 헤아렸다. 그는 달걀 두 개를 신문지에 곱게 싸서 아이에게 건네준 뒤 "뛰어가다가 넘어지지 말고 조심히 걸어가"라는 말까지 해서 보냈다.

인상적인 장면이었다. 조드푸르에는 소개할 만한 식당이 없기도 했지만, 사내의 마음씀씀이가 너무 아름다워서 이 집을 한국에 꼭 소개해야겠다고 마음먹었다. 곧 그의 가게가 『인도 100배 즐기기』 초판에 실렸다. 몇 년 후에는 『론리플래닛』도 이 가게를 실었다. 그즈음 재방문해 보니 간판에 이런저런 가이드북에 소개되었다는 내용을 적어놓았고 가게 안은 여행자로 꽉 차 있었다.

나는 조드푸르에 갈 때마다 이 집에 들른다. 이제는 그도 내가 무슨 일을 하는 사람인지 알지만, 그럼에도 특별한 대접을 하지 않아서 좋다.

### 여행자의 인사법

한번은 이런 일도 있었다. 오리지널 오믈렛 숍이 장사가 잘되니 옆에서 실을 팔던 가게가 업종을 오믈렛으로 변경했다. 여기까진 그러려니 했는데, 그 가게는 한술 더 떠서 내 책을 확대 복사해 간판에 붙였다. 가이드북을 보고 찾아간 여행자들은 두 개의 오믈렛 숍 앞에서 난처해졌고, 정성껏 책을 복사해놓은 집이 진짜이겠거니 하고 가짜 가게로 들어갔다.

한국인 여행자가 조드푸르에서 곤경에 빠졌을 때 오믈렛 숍 주인에게 도움을 받았다는 이야기를 여러 번 들은 나는 그를 돕기로 했다. 인도 가이드북은 워낙에 두꺼운 탓에 식당을 소개할 때 사진을 넣지 않았는데, 특별히 이 가게는 전경 사진을 넣어서 여기가 진짜라는 걸 알렸다. 이렇게 진위를 가린 뒤에야 가짜 오믈렛 숍은 상호를 바꿨다.

재미있는 점은 일본의 가이드북이 후발 주자를 소개하고 있다는 것이다. 그 이유가 한국의 가이드북에서 먼저 소개한 집을 따라서 쓸 수는 없다는 알량한 자존심 때문인지는 알 수 없지만, 이 바닥에서 벌어지는 경쟁과 시기를 마주할 때마다 재미있고 뿌듯하다.

오랜만에 사진첩을 뒤적여 약 15년 전에 찍은 오믈렛 숍

거리에서 만난 동화

주인의 사진을 찾았다. 사진 속 그는 처음 만났을 때보다 나이 들어 있었다. 그에게 "너도 이제 다 늙었어"라고 이야기하면 아마도 "너는 똑같은 줄 아느냐"라는 대답이 돌아올 것이다.

그는 노점에서 벗어나 번듯한 가게를 냈다. 지금은 두 아들에게 식당을 물려준 후 얼굴마담 노릇을 하고 있다. 지난 번 조드푸르 취재 때는 배탈로 고생하다가 그의 식당 화장실을 이용하기도 했다. 개운한 표정으로 화장실 문을 열고 나오니 그는 "나도 너에게 도움이 될 때가 있네"라고 말하며 싱글벙글 웃었다. 해가 지날수록 배가 불룩해지는 그에게 "건강하게 살자"라고 말하고 헤어졌다. 나이를 먹는다는 건 이런 걸까? 그에게 식당 말고 집으로 오라는 초대를 받은 게 10년 전이다. 여전히 가이드북 작가로 일하고 있는 나는 아직 그의 집을 찾아가지 못했다. 내가 그의 집 문을 두드릴 때까지 그와 나 모두 안녕하기를 바란다.

## 24

베이징 짜장면과 교토 짜장면

## 도대체 원조가 왜 중요한 걸까

초등학교 시절, 외식은 으레 짜장면 한 그릇이었다. 5학년이 되던 해에 동네에 햄버거 가게가 생겼는데 그걸 사주는 사람은 없었다. 햄버거 가게의 입구는 아래에 놓인 패들을 밟으면 열리는 반자동문이었는데, 먹을 수 없으니 하굣길에 패들을 한 번 밟고 도망치는 식으로 아쉬움을 달랬다.

초등학교 입학식 날에도, 6년 뒤 졸업식 날에도 식사는 늘 중국집에서 했다. 졸업식 때 무려 삼선짜장을 주문했는데, 냉동 새우가 몇 마리 들어간 요즘의 삼선짜장과 달리 큼직한 건해삼과 소라, 그리고 새우가 든 진짜 삼선짜장이 나왔다. 아직 수입산 냉동 해산물이 유통되지 않던 시절의 이야기다. 나는 지금도 졸업식 날 삼선짜장을 시킨 걸 내 인생 최고의 선택으로 여긴다.

이런저런 이유로 짜장면은 나와 내 또래들에게 소울 푸드

가 되어주었다. 그 시절에 중국집은 요즘 같은 배달 음식집이 아니라 패밀리 레스토랑이자 파인 다이닝이었다. 중국집은 대개 식당 이름 앞에 '중화요리'라는 설명을 곁들이지만, 어쩐지 거기에서 파는 짜장면은 외국 요리가 아니라 한식인 것만 같다. 실제로도 짜장면이 중국에는 없는, 한국만의 요리라는 자부심을 가진 사람이 더 많다.

1992년 한중 수교 이후 많은 이들이 중국으로 몰려갔다. 약 200년 전 중국의 모든 걸 우러러본 연암 박지원과 달리, 단군 이래 처음으로 한국이 중국보다 잘사는 시기에 태어난 우리는 중국의 모든 걸 무시하고 깔봤다. 그랬던 나에게 베이징의 한 노포에서 판다는 라오베이징자장몐老北京炸醬面은 절대로 인정할 수 없는 괴담처럼 다가왔다. 누가 들어도 짜장면으로 들렸던 그 이름. 인터넷이 없던 시절, 중국 여행을 다녀온 사람들이 PC통신에 짜장면 시식기를 올리면 곧바로 한바탕 싸움이 시작됐다.

2000년, 나도 드디어 중국식 짜장면을 맛보게 되었다. 균일한 굵기로 뽑아낸 수타면이 담긴 그릇에 볶은 춘장 한 종지와 대여섯 종류의 채소가 담긴 접시가 나왔다. 점원은 춘장을 면 가운데에 꽃봉오리처럼 올리고 채소를 부은 뒤 달그락거리며 한데 섞어줬다.

오이, 순무 등 대부분의 채소는 날 것이었고, 콩만 삶아서 나왔다. 장은 한국과 같은 검은색이지만 걸쭉하지 않고 되직했다. 춘장이 너무 적어서 겨우 이걸로 비빌 수 있을지 걱정했는데 골고루 잘 섞였다. 콩 볶은 향이 밴 짭짤한 장은 맛이 훌륭했다. 투박하지만 기본에 충실하달까, 괜찮은 분식이었다.

중국 가이드북을 쓰면서 베이징 짜장면을 소개하는 데 많은 비중을 할애했다. 그걸 본 여러 사람이 베이징 짜장면에 대해서 물어보곤 했는데, 대부분 한국 짜장면보다 맛이 없다는 대답을 듣고 싶어 했다. 콩 볶은 냄새가 기가 막혔다고 해도 "그래도 맛은 별로지?"라는 질문이, 수타면 뽑는 기술이 훌륭하다고 해도 "그래도 맛은 별로지?"라는 질문이 돌아왔다. 심지어 한국의 짜장면이 다시 중국으로 건너가 자장멘이 된 거라고 주장하며 내 취재가 부족했다고 질타하기도 했다.

2019년의 베이징 짜장면은 정말로 한국의 영향을 받았는지 점점 단맛이 강해지고 있지만 최소한 20년 전에는 베이징은 베이징대로, 한국은 한국대로 짜장면 맛이 달랐다. 짜장면은 우리 것이라고 답을 정해놓은 이들은 절대로 믿지 않을 테지만 말이다.

# 짜장면 삼국지

장을 면에 비벼먹는 방식의 요리는 흔하다. 이탈리아의 파스타부터 강원도의 막국수까지 모두 짜장면의 사촌쯤 되는 셈이다. 가이드북 작가라는 직업 덕에 10여 년 동안 베이징 짜장면이 변하는 모습을 흥미롭게 지켜볼 수 있었다. 그사이 상하이와 홍콩 가이드북도 출간했는데, 대륙 단위의 책과 달리 한 도시를 집중적으로 다루는 책은 더 깊은 취재를 요구했다. 한참 재미있게 홍콩 취재를 하던 2008년 무렵, 우연히 찾은 식당에서 이상한 요리를 또 발견했다.

　　메뉴판에는 징두자장몐京都炸酱麵이라고 적혀 있었다. 또 다른 짜장면이 출현한 것이다! 중국어라면 징두로 읽어야 하지만 중국에는 이런 지명이 없다. 이 이름으로 알려진 도시는 바로 일본에 있다. 천황이 살던 고도 교토다! 그러니까 내가 '교토 짜장면'을 찾은 것이다.

　　주문해서 먹어 보니 장으로 누르스름한 황장(중국식 된장)을 사용했을 뿐 나머진 짜장면과 동일했다. 혼란과 흥분이 반반씩 스쳐갔다. 일본, 그것도 교토의 짜장면이라니! 혹시 짬뽕처럼 짜장면도 일본에서 한국과 중국으로 전래된 건 아닐까? 정말로 그랬다면 나는 그 사실을 처음으로 밝힌 사람이 되는 것이다.

　　정신을 차리고 보니 어느새 나는 교토에서 중국집을 뒤지고 있었다. 교토에는 중국집이 많지 않았고, 그마저도 관광객은 거의 찾지 않는 로컬 식당뿐이었다. 그 속에서 짜장면은 찾지 못했다. 혹시 다른 면 요리에 짜장면의 원형이 있는 건 아닐까라고 생각하고 우동집, 모밀집, 라멘집을 모두 훑었지만 짜장면은 나오지 않았다. 여러 식당의 주인은 물론 교토 요리에 대해 잘 아는 전문가에게도 물어보았지만 돌아오는 건 교토에는 짜장면이 없다는 대답뿐이었다. 그렇게 교토에서 짜장면 찾기를 포기할 때쯤, 화교가 운영하는 중국식 만둣집 메뉴판에서 극적으로 교토 짜장면을 찾았다! 장사가 끝났다며 나를 돌려보내려는 사장에게 겨우 사정해서 한 그릇을 먹을 수 있었다. 정확히 어떤 맛이었는지 기억이 나지 않는다. 그때 나는 오로지 짜장면의 기원 찾기에만 전념했다.

"원래 교토에도 짜장면이 있었나요?"

"무슨 소리야? 교토에서 짜장면을 왜 찾아?"

"여기 메뉴에 적혀 있잖아요. 교토 짜장면이라고…."

내 질문에 당황한 주인은 아예 주방 밖으로 나와서 마주 앉았다.

"이건 교토라고 읽는 게 아니야. 중국어로 징두라고 해야지!"

"징두라고 읽는 건 나도 알아요. 그런데 중국에 징두가 어디 있어요?"

"이것 좀 보게, 젊은이. 징두는 바로 베이징이라고!"

"네?"

"잘 들어. 징두는 수도라는 뜻이야. 중국에서는 베이징이 징두고 일본에서는 이 자체가 도시 이름이 되었어. 그게 바로 교토지!"

그의 설명을 듣고 다리에 힘이 풀렸다. 나는 홍콩에서 베

베이징 짜장면과 교토 짜장면

이징 짜장면이라고 적힌 메뉴판을 보고 혼자서 북 치고 장구 치다 교토에서 보름이나 보낸 것이다. 교토 가이드북을 내자는 출판사도 없으니 돈과 시간만 쓰고 건진 건 없는 셈이다. 그나마 남은 게 있다면 한국과 중국, 홍콩과 일본에서 다양한 짜장면을 맛보고, 각자 다르게 발전해온 짜장면이 오늘날 서로 비슷해지는 경향을 직접 확인했다고나 할까.

중국에서 우연히 건너온 검은 면 요리가 이 땅에서 한식인 양 동거한 지 어느덧 100년이 훌쩍 지났다. 짜장면의 원조가 어느 나라인지 논하는 게 무의미할 정도의 시간이다. 아마 10년쯤 더 지나면 베이징 한복판에 한궈 자장몐이나 서우얼 자장몐이라는 이름을 단 식당이 생길지 모른다.

얼마 전 텔레비전 예능 프로그램에서 한국의 중식 요리사가 중국에서 한국 짜장면을 열심히 파는 장면을 봤다. 그가 만든 짜장면을 맛본 베이징의 시민들은 과연 그 요리를 뭐라고 생각했을까?

## 25

중화라오쯔하오는 왜 별로일까

## 노포의 시대

얼마 전 한 지인이 20년 전에 자신이 다니던 식당을 가보고 싶다면서 나를 어딘가로 데려갔다. 나무로 지은 식당은 다행히도 지인의 기억 속 풍경 그대로 남아 있었다. 100퍼센트 예약제로 운영하는 식당은 사람들에게 잘 알려지지는 않았지만 아끼는 사람이 많은지, 단골로 보이는 중·노년의 손님이 가득했다. 지인은 20년 만에 찾은 식당에서 주인을 알아보고 지난 추억을 이야기했다. 그때 동행한 다른 일행이 "이만큼 오래되었으면 노포일까?"라는 질문을 했다.

박찬일 주방장이 쓴 『노포의 장사법』이라는 책에 실린 식당의 평균 영업 햇수가 54년이라고 한다. 유행과 트렌드에 밀리거나 젠트리피케이션에 쫓겨나기 일쑤인 한국에서는 한 가게가 한자리에서 오래 생존하기 어렵다. 박찬일의 책에 소개된 식당들이 거친 54년이라는 세월도 만만찮지만, 이웃 일본에서는 노포로 불리려면 역사가 최소 100년쯤은 되어야 한다. 전 세계의 100년 이상 된 노포 중 80퍼센트가 일본에 있다는 통계는 놀라울 정도다. 그런 탓인지 일본의 여행 가이드북은 각 나라의 오래된 식당에 상당한 가산점을 부여한다.

가이드북을 잘 쓰기 위해서는 경쟁 도서 혹은 이웃 나라의 책은 어떤 식으로 추천 여행지를 분류하는지 참고해야 한다. 조금 노골적으로 말하면 염탐을 하는 것이다. 정보를 입수하기 위해 현지에서 발간되는 여행 잡지를 구독하고 미디어를 검색하며 현지의 최신 트렌드를 따라가려 노력하지만 이런 일에는 늘 빈틈이 생기기 마련이다. 특히 아시아 국가에서는 경제가 성장하면서 맛집이 문을 열기 시작하면 초기 10년 정도는 화려함에 집착하는 경향이 짙다. 주로 일상에서 접하기 힘든 외국 요릿집이나 인테리어가 화려한 가게, 혹은 무작정 여러 식재를 뿌려놓는 식당에 이목이 쏠린다.

이때 시간의 빈틈을 채워주는 매체가 일본의 여행 안내서들이다. 여행 안내서란 그 책을 만드는 나라가 그간 쌓아놓은 상대국에 대한 정보의 총합인 경우가 많다. 가이드북 저자들은 지금까지 축적된 자료를 읽고 현재의 상황을 여행이라는 관점으로 풀어내는 사람이기 때문에, 자국의 자료가 풍부할수록 내용도 풍성해진다. 좋은 가이드북을 고르는 방법 중 하나는 A라는 나라가 식민 지배를 당한 경험이 있을 경우, 그 나라를 식민 지배한 나라에서 낸 책을 고르는 것이다. 트렌드를 따라가는 데는 느릴지 몰라도 정보의 정확성은 물론 문화와 관습 등 인문학적 지식이 다른 나라가 따라갈 수 없는 수준이다. 식민지를 영구 지배할 욕심으로 점령한 식민 종주국은 그 나라의 A부터 Z를 모두 파악하려고 노력하기 마련이고, 이때 모은 지식은 식민지가 독립한 뒤에도 과거 종주국의 도서관에 쌓여 있다.

그런 점에서 중국을 지배하려 시도했고, 실제로 중국 동부와 북부를 꽤 오랫동안 점령했던 일본의 가이드북은 중국을 다룬 어떤 나라의 가이드북보다 훌륭하다. 1990년대 초중반에는 중국의 노포에 대한 정보가 일본에서 만든 여행 안내서에만 자세히 소개되어 있었다.

중국은 오래된 노포에 중화라오쯔하오中華老字號 마크를 붙여준다. 수도 베이징에서 처음 도입했는데, 현재는 중국 전역 1,600개가 넘는 업소에 이 마크가 달려 있다. 딱히 식당에만 붙여주는 건 아니라, 오래된 기업부터 상점까지 100년이 넘은 사업장이면 어디든 발급된다.

## 100년 묵은 거짓말

100년이라는 시간에는 사람을 매혹시키는 무언가가 있다. 한국만 해도 30~40년 된 식당에서 느껴지는 맛의 내공은 허투루 따라할 수 있는 영역이 아니다. 하지만 중화라오쯔하오만큼은 놀랍게도 맛이 없는 집이 대부분이라 당혹스러웠다. 당시만 해도 중국 요리에 대한 지식과 경험이 일천했고 중화요리가 지향하는 맛의 특징을 잘 몰랐던 이유도 있었을 것이다. 어떤 집은 수도 없이 방문하며 내 입맛을 바꿔보려고 노력했음에도 결국 그 맛을 느끼지 못했다. 진짜 맛집의 음식은 내 기호와 안 맞을지언정 맛이 없다는 기분은 들지 않는데 이상한 일이었다.

중국의 노포는 현대에도 전혀 이질감이 느껴지지 않을 정도로 단단한 맛을 자랑하는 일본의 노포와는 딴판이었다. 특히 일반 식당에 비해 프리미엄이 붙은 중화라오쯔하오는 나에게 애물단지였다. 비싼 값을 지불하고 음식을 먹은 데다 100년 된 가게라니 소개는 해야 했지만, 맛에 대해서는 도저히 이야기할 자신이 없었다. 변화하지 못하고 우직하게 전통을 고수하다가 생긴 불일치일까? 당시에는 그렇게 생각했다.

맛의 수수께끼는 중국 현대사를 살피다 우연한 기회에 풀렸다. 중국은 1956년 사회주의 개조에 박차를 가한다는 이유로 전국의 개인 식당을 공사합영公私合營했다. 말이 좋아 국가와 개인의 동업이지 사실상 국영화 조치였다. 여기까지만 했으면 다행인데, 이후 중국을 기다린 건 대기근으로 점철된 대약진운동과 흔히 10년 동란이라고 표현하는 문화혁명이다. 문화혁명 전야인 1965년에는 거리에서 음식을 사 먹는 행위조차 유흥으로 간주해 일절 금지했다. 근근이 명맥을 잇던 노점 음식에 마지막 일격을 가한 것이다.

이듬해 문화혁명이 시작되었다. 요즘 국빈급 정상이 베이징을 방문할 때마다 들르는 필수 코스이자 베이징카오야北京烤鴨(화덕에 구운 오리고기)의 상징과 같은 취안쥐더全聚德는 1864년에 개업한 노포 중의 노포다. 하지만 문화혁명 시기에 이 가게는 이른바 황실 요리를 재현한다는 이유로 '노동인민 착취의 아성'이자 '부르주아 계급의 온상'으로 몰려 베이징카오야뎬北京烤鴨店으로 간판을 바꿔달아야 했다. 이 난리를 주도한 건 홍위병이라 불린 중학생들이었다.

심지어 요리 하나에 찐빵과 국을 더한 단일 메뉴만 팔 수 있게 영업을 제한당했다. 이 또한 노동자와 농민을 위한 일로 포장되었다. 오리구이를 전통의 방법대로 구워 냈다가는 부르주아의 충실한 복무자로 몰려 경을 치러야 했다. 이때부터 20년간 좋은 음식을 먹는 건 수치스러운 행동이라는 사고가 중국을 지배했다.

개인에게 식당 경영을 다시 허용한 게 1984년이다. 지금 남아 있는 중국의 노포들은 모두 전통이 단절되었던 역사를 지니고 있다.

노포는 간판이 100년 전과 동일한 게 다가 아니다. 대를 이어 조리법 등이 전해져야 한다. 하지만 중국에는 간판만 대물림된 경우가 허다하다. 큰 레스토랑일수록 중화인민공화국 건국 이전의 창업자와 1984년 이후의 경영자가 다른 사례가 많다. 또한 고급 레스토랑 주방장의 상당수는 문화혁명 기간에 부르주아에 복무했다는 이유로 하방당했다. 이 사이에 멸실된 요리의 수를 헤아리기 힘든 지경이다.

한국에서 박정희 집권 시기에 전통주 제조가 불법이 된 탓에 그걸 복원하는 데 수십 년의 세월을 허비한 기억을 떠올린다면, 요리 전체가 멸실되었다는 것이 얼마나 큰 의미인지 짐작할 수 있다. 단지 문헌 기록에 의거해 음식을 재현하는 데는 한계가 분명하다. 요리란 그 맛을 아는 사람이 생존해 기억을 전달해줄 때만 재현이 가능하다. 단지 어떤 요리에는 무슨 재료를 넣고 어떻게 조리한다는 설명으로는 맛을 제대로 표현할 수 없다. 특히 고급 요리일수록 더욱 그렇다. 문화혁명 시기에 다수의 지배층이 제거된 중국에서는 전통의 복원이 더 어려운 일이다.

나는 중화라오쯔하오가 100년 묵은 거짓말일지도 모른다고 생각한다. 가게마다 전통이 단절되었던 시기가 있었고, 어쩌면 이름만 같을 뿐 과거와 전혀 다른 음식을 팔고 있을지도 모른다는 거짓말.

## 26

# 오키나와 음식은 왜 맛이 없을까

## 음식의 탄생

가끔 내가 여행 가이드북이라는 상품을 만드는 데 소질이 없을지도 모른다는 근심에 빠져 시름시름 앓는 날이 있다. 이 시장은 표지를 온갖 미사여구로 장식하고 본문에 여기저기에서 긁어온 조미료를 팍팍 치는 게 덕목이 된 지 오래지만, 좀처럼 그게 적성에 안 맞는 나는 허구한 날 소금만 뿌리는 건 아닐까, 가이드북을 제돈 주고 사는 독자는 현실이 아닌 환상을 원하는데 나만 그걸 모르고 있는 건 아닐까라는 근심이다. 제대로 알려주겠다며 팩트 폭격을 하고 있는데, 그게 과연 맞는 걸까?

팩트 폭격이라고 말하고 보니 거창해 보이는데, 실은 별것 아니다. 십수 년 전에 유행한 드라마 〈대장금〉식으로 다시 설명하면 내가 쓴 가이드북은 "홍시 맛이 났는데 어찌 홍시냐고 하시면…. 그냥 홍시 맛이 나서 홍시라 한 것일 뿐입니다"

라고 말하는 정도다.

홍콩 야경 감상의 하이라이트라는 빅버스 야경 투어는 몇 번을 타도 추천하기가 망설여진다. 버스의 운행 시간이 홍콩의 퇴근 시간과 거의 겹치기 때문이다. 극심한 정체, 그리고 지붕이 없는 2층 버스의 특성상 도로의 차들이 뿜어낸 매연을 전부 들이마셔야 한다. 차라리 경치 좋은 자리에 앉아서 시간을 보내는 게 훨씬 경제적이고 효율적이다. 물론 내가 쓴 홍콩 가이드북에도 빅버스 야경 투어가 나오기는 한다. 다만 "추천한다"는 말은 뺀 채 소개했다.

여담인데, 내 책을 주로 보는 독자들은 환타식 문맥을 파악한다. 이를테면 나는 식당을 소개할 때도 "맛있다"라는 세 글자에 아주 인색한 편이다. 간혹 맛있다고 소개하는 식당이 등장하면 독자들은 "환타가 어지간하면 맛있다는 말은 안 하는데, 그렇게 얘기했다고? 그럼 거기는 꼭 가야 해!"라고 알아듣는다.

오키나와 가이드북을 쓸 때 가장 고민이 많았던 부분은 이 동네 음식이 신통치 않다는 점이다. 그 이유는 다음과 같다. 음식 문화가 발달하기 위해서는 강력한 중앙집권적 국가와 그것을 지탱하는 공고한 지배 계급이 필요하다. 최소한 역사의 일정한 시기 동안은 이와 같은 구조가 갖춰져야 그 안에서 화려한 식문화가 발전할 수 있다. 인류가 지금처럼 삼시세끼를 챙겨 먹은 지는 100여 년밖에 되지 않았다. 그 전에는 대부분의 백성이 배곯지 않을 궁리를 해야 했다. 그들에게는 눈과 입이 즐거운 요리가 아니라 당장 주린 배를 채울 수 있는 끼니가 중요했다. 요리는 오직 소수의 권력자만 누릴 수 있는 영역이었으니, 권력의 자리에서 다양한 식재료를 이용해 맛에 방점을 찍은 '요리'가 등장했다.

여기에 더해 식문화가 발전하기 위해서는 상업의 발달이 따라야 한다. 농업 사회에서 상업 사회로 변한다는 말은 도시화가 진행되고 유통망이 확장된다는 뜻이다. 이렇게 되면 도시로 오는 이들을 위한 숙박 시설과 식당이 문을 연다. 이때부터 음식은 가족의 배를 채우는 것이 목적인 끼니에서 대중에게 돈을 받고 판매하는 상품인 요리로 발전하는데, 여기에는 필연적으로 경쟁이 수반된다.

사극 드라마에서 주인공이 국밥 한 그릇과 탁주 한 사발을 먹던 주막이나 영화 〈반지의 제왕The Lord of The Rings〉에서 주인공 프로도가 머문 프랜싱 포니 여관을 떠올려 보자. 모두 식당과 숙박을 겸하던 곳이다. 여기에서 규모가 더 커지면 숙박과 식당이 분리된다. 도시화는 이 분리를 촉발한다. 숙박과 식당이 분리된 순간부터, 그러니까 음식이 개별 상품으로 판매되기 시작하면서부터 요리 문화가 발전한다. 당연히 도시화가 일찍 시작된 곳, 그래서 식당이 문을 연 지 오래된 곳에서 요리 문화가 꽃폈다.

## 설탕, 오키나와의 눈물

안타깝게도 오키나와의 역사는 중앙집권 국가와 도시화라는 식문화의 두 기둥을 세우기 어려운 조건이었다. 오늘날까지 오키나와 사람들의 정체성을 채우고 있는 류큐는 동아시아 바다의 한가운데에 위치한 국가였다. 한때 지리 조건을 이용해 중국에 조공하고 조선, 일본 등과 교역하며 생존하였지만, 결국 일본의 번 중에서도 가장 외곽에 있던 사쓰마薩摩에 침략당했다. 중국과의 조공−책봉 체제에서 류큐가 얻던 이익에 눈독을 들인 사쓰마의 시마즈島津 가문은 1609년 총포로 무장한 3만 1,000명의 병사를 이끌고 류큐를 침공했다. 류큐왕국의 왕은 며칠 견디지 못하고 항복을 선언했다. 이후 류큐왕국이 지배하던 아마미奄美제도가 사쓰마번의 직할령이 되었고, 사쓰마는 사탕수수의 전매 등을 실행해 막대한 이익을 얻었다. 이후의 역사는 내리막길의 연속이다. 앞에서 설명한 악명 높은 인두세가 실시된 때가 1637년이며, 마침내 왕국 전체가 일본의 번으로 병합된 것이 1872년의 일이다.

그런데 여기에 눈길을 끄는 대목이 있다. 사탕수수라고? 기원전 4세기 알렉산드로스의 동방 원정대가 인더스강 유역에서 '꿀이 나는 나무'를 발견하면서 서양에 알려졌으며, 그로부터 약 2000년 뒤 신대륙을 발견한 유럽인이 신대륙 식민지에 이것을 키울 대규모 플랜테이션을 건설하고 이를 위해 아프리카에서 노예를 동원하며 삼각 무역이라고 포장했을 때의 그 사탕수수다. 신대륙 식민지의 역사가 오키나와에서도 벌어진 것이다.

사쓰마가 처음부터 오키나와에 사탕수수 플랜테이션을 건설하려는 목적으로 침략했는지, 아니면 점령하고 보니 사탕수수가 있어서 플랜테이션을 구축했는지는 분명하지 않지만, 언제 어디서나 약자가 가진 값비싼 물건은 강자의 수탈 대상이 된다.

오키나와를 점령한 사쓰마는 외부에서 노예를 들여오지 않은 것이 차이라면 차이다. 여기에도 이유가 있었다. 신대륙의 경우 유럽인과 함께 배를 타고 도착한 병원균에 의해 원주민 인구가 급속히 감소하는 과정이 뒤따랐다. 현지에서 노동력을 징발할 수 없게 된 유럽의 이주민들은 아프리카에서 노예를 들여와 충원했다. 반면 오키나와는 이전부터 일본과 왕래했기에 새로운 병원균에 노출될 위험이 적었고, 급격한 인구 감소 현상도 발생하지 않았다.

지금도 오키나와에는 너른 사탕수수 밭이 많다. 이걸 보면 '사탕수수는 아무 데서나 쑥쑥 자라는 작물이구나'라고 생각하기 쉽지만 절대로 그렇지 않다. 이것은 벼농사와 맞먹을 정도로 노동 집약적인 농작물이다. 사쓰마에 의해 노예화된 오키나와 주민은 사탕수수 외의 다른 작물은 재배할 수 없었다. 다른 작물의 재배를 금지한 사쓰마는 오키나와에서 생산한 사탕수수를 헐값으로 사들여 일본 본토에 비싸게 팔았고, 반대로 사쓰마산 쌀을 오키나와에 비싼 값에 팔았다. 그 결과 오키나와에서 쌀밥은 오직 부자들의 전유물이 되었다. 보통의 서민은 고구마로 연명했다. 신대륙에서 전해진 고구마가 없었다면 오키나와는 진즉에 일본에서 이주한 사람들로 채워졌을지 모른다.

## 어떤 요리에서는 비극의 향기가 난다

오키나와 사탕수수에서 뽑아낸 흑당은 일본 전역으로 확산됐다. 조선 후기까지도 신하가 아프면 왕이 특별히 설탕을 하사했을 정도니 당시 설탕의 가격은 지금과 비교할 수 없을 정도로 비쌌다. 오늘날 일본 요리는 짜고 단 게 특징인데, 오키나와에서 흑당을 대량 생산하기 전까지는 그저 짜기만 했다고 한다. 오키나와 수탈의 결과가 바로 단맛이고, 그로 인해 일본 요리도 달콤해지기 시작했다. 반면 한국에서는 사탕수수의 대규모 재배가 불가능했다. 설탕의 가격도 훨씬 비쌌기에 한식은 20세기가 넘어서야 단맛을 내기 시작했다.

일본 요리, 이른바 와쇼쿠和食는 화려함을 자랑한다. 다양한 생선과 채소, 고기를 여러 방식으로 조리하고 갖은 소스를 곁들여 먹는다. 일본 요리의 기본은 소스, 그중에서도 가쓰오부시를 간장, 설탕과 함께 졸여 맛을 낸 쯔유다. 반면 설탕을 생산하느라 모든 산물과 노동력을 수탈당한 오키나와 사람들은 고구마를 비롯해 섬에 남은 식재료를 찌고 삶아 먹으며 생존했다.

가이드북을 쓰면서 오키나와 전통 요리를 이야기하려다 보면 신선한 식재를 제외하고는 더 이상 할 이야기가 남지 않는다. 조리법이나 양념의 맛, 플레이팅 등은 주로 일본 본토의 요리나 2차 세계대전 이후 미군이 진주하면서 등장한 요리를 설명할 때나 어울릴 뿐 오키나와 요리에는 그런 이야기를 할 만한 요소 자체가 없다. 오키나와 사람들은 누군가에게 요리를 대접하거나 그것을 상품으로 팔아본 경험이 부족하기 때문

이다.

지금도 오키나와 농민의 70퍼센트는 사탕수수 재배에 종사한다. 사탕수수 경작지는 오키나와 전체 농지 중 절반을 차지한다. 이렇게 넓은 땅에서 사탕수수를 재배하지만 오키나와 전체의 농업 산출액에서 사탕수수가 차지하는 비중은 20퍼센트에 불과하다. 본래의 자리를 공장에서 화학적 정제를 거쳐 만든 설탕에 빼앗겼기 때문이다. 이제 사탕수수를 힘들게 키워 만든 설탕은 경제성이 떨어진다.

최근에 세계보건기구에서 '설탕과의 전쟁'을 선언하는 등 화학 설탕 대신 사탕수수로 만든 천연 비정제 설탕에 대한 관심이 늘어나는 추세지만, 이 시장마저 필리핀산 머스코바도Muscovado가 모두 장악했다.

얼마 전 서울에서 오키나와 흑당으로 만든 흑당 라떼가 조금씩 인기를 얻는 걸 보면서 조금은 다행이라고 생각했다. 지금까지 일본에서만 소비하던 오키나와 흑당이 이런 식으로 해외에 소개되면 오키나와 농민들에게 큰 도움이 되기 때문이다.

나는 오키나와를 취재하러 갈 때마다 사탕수수를 유심히 관찰하고 습관처럼 흑당을 구입한다. 한 입 베어 물면 단맛이 온몸으로 스며들지만, 여기에 녹아 있는 역사를 알면 알수록 이 맛을 달콤하다고만은 표현하지 못하겠다. 오키나와의 농토를 가득 메운 사탕수수 밭에서는 비극의 향기가 난다.

## 27

# 자마미 105 스토어

### 우리 가게에 안 오면 밥을 어디에서 먹을 건데

오키나와에서 가장 큰 도시인 나하에서 배로 40분을 가면 자그마한 섬이 스무 개쯤 모여 있는 케라마慶良間제도에 닿는다. 그중 자마미지마座間味島는 케라마제도에 있는 두 개의 행정 촌 중 가장 큰 섬마을이지만 인구는 고작 584명에 불과하다. 10분이면 마을 전체를 둘러볼 수 있을 정도로 작다 보니 여행자를 위한 편의 시설도 뻔하다. 쩜빵(편의점은 아니고 작은 슈퍼마켓인데, 전방塵房보다 쩜빵이라는 표현이 꼭 어울린다) 두 곳에 식당은 열 집이 되지 않는다. 그나마 큰 식당은 얼마 전에 아르바이트생을 구하지 못해서 폐점했고 남은 건 이자카야가 대부분이다. 점심 장사를 안 하는 날이 많아서 어떤 날은 쩜빵에서 파는 도시락이 먹을 것의 전부다.

오키나와 가이드북 취재라고 하면 섬 곳곳을 여행한다고 생각하는 경우가 많지만, 마을 깊숙이 들어갈 일은 좀처럼 없다. 특히 본섬은 관광지, 식당, 호텔이 주요 취재 구역이다 보니 원주민 거주지에 들어갈 일은 민박에 머물 때를 제외하면 드물다. 요즘은 민박도 일본 본토에서 오키나와로 이주한 사람이 최신 서비스와 유행하는 요리를 접목해서 연 곳이 많다. 이런 집은 마을이 아니라 경치 좋은 외곽에 새로 지은 경우가 대부분이라 마을을 구경할 일이 점점 줄어들고 있다. 그래서 케라마 취재는 여행이 직업인 사람에게도 꽤 특별한 일이다. 손바닥만 한 마을에 머무는 건 언제나 매력적이다.

2016년 무렵의 일이다. 그때 나는 1년 만에 자마미를 찾았다. 마을은 1년 전과 거의 달라진 게 없었다. 단지 몇몇 집 앞에 혹은 가게 앞에 파란색 플래카드가 걸려 있는 게 차이라면 차이였다. 거기에는 하나같이 '헤노코 이전 반대邊野古移設反対'라고 적혀 있었다. 헤노코는 미군기지를 옮긴다고 알려진 오키나와 본섬 북부의 지명이다.

그중 가장 눈에 띈 집은 마을에 둘뿐인, 그중에서도 더 인기 있는 쩜빵 105스토어105ストア-다. 아예 가게 입구에 게시판을 만들고 『오키나와타임스沖縄タイムス』, 『류큐신보琉球新報』 등 지역 신문에 실린 반反아베 시위, 미군기지 이전 반대 시위 소식만 모아서 전달하고 있었다.

오키나와 사람, 자마미 주민이라면 누구나 알고 있을 법한 소식을 굳이 전하는 건 아마도 일본 본토에서 온 여행자에게 보여주기 위해서일 터. 일본에서는 시민이 정치적 이슈에 반응하는 경우가 무척 드물다. 그런데 더 놀라운 점은 게시판에 걸린 기사를 보고 "에에에?"라며 깜짝 놀라는 본토에서 온 여행자다. 그들은 오키나와에서 벌어지고 있는 수많은 사건을 전혀 몰랐던 눈치다. 가게에는 오키나와의 역사를 알리는 책과 DVD를 파는 코너도 있다. 작은 섬에 서점이 있을 리없으니 쩜빵에서 서점 역할까지 하는 셈인데, 상품에는 주인의 취향이 고스란히 묻어 있다. 거기에는 일본군 성노예 문제를 최초로 폭로한 배봉기 할머니의 이야기를 다룬 다큐멘터리 〈아리랑의 노래-오키나와로의 증언〉도 있었다.

나는 이 가게에서 물씬 풍기는 반정부 성향이 장사에 도움이 될지 걱정스러웠다. 며칠간 가게 주변을 어슬렁거리며 눈치를 보다가 하루는 폐점 직전에 손님이 한 명도 없을 때 넌지시 물어봤다.

"야마토진들이 싫어하지 않나요?"

야마토진은 오키나와 사람이 일본 본토 사람을 가리킬 때 쓰는 말이다(오키나와인 자신은 '우치난추'라고 부른다). 주인은 요 며칠간 내가 어눌한 일본어를 쓰며 〈아리랑의 노래〉를 구매한 것을 보고 한국인인 줄 알고 있었다.

"내가 이렇게 한다고 해서 우리 가게에 발을 끊으면 자기들만 밥을 굶을 텐데! 껄껄껄."

그는 괄괄하고 솔직한 사람이었다. 생각해 보니 그가 큰소리칠 수 있었던 까닭은 이 가게가 가진 경쟁력에서 나왔다. 이 작은 섬에 도시락 공장이 몇 개나 있는지는 모르지만, 105 스토어의 도시락은 다른 가게에서 파는 것보다 쌀부터 반찬까지 모든 면에서 월등했다.

## 모두가 유족인 섬

나는 오키나와 사람들이 이전에 알던 일본인과는 꽤 다르다는 것을 알고 무척 놀랐다. 지역색으로 보기에는 차이가 너무나 컸기 때문이다. 일본인은 자로 잰 것처럼 깐깐하게 산다는 선입견을 산산이 부술 정도로 오키나와 사람들은 헐렁했다. 순응하는 듯 보이지만 저항하며, 관조하는 것처럼 보이지만 실천하는 삶의 자세가 역사에서 기인했다는 걸 깨달았을 때 나는 큰 충격을 받았다.

2007년 일본 역사 교과서 왜곡 문제가 발생했을 때, 대규모 항의 시위가 벌어진 곳은 한국이나 중국 같은 일본제국의 피해 당사국이 아니라 일본 안에 있는 오키나와였다. 당시 오키나와의 인구는 130만 명가량이었는데, 본섬 남부 난조南城 시에서 열린 역사 교과서 항의 집회에 무려 11만 명이 참가했고 한다. 이들은 교과서에 실린 집단 자살에 대한 설명에 분노했다.

동아시아 바다의 중심에서 국가의 명맥을 잇던 류큐왕국은 1879년 일본에 강제 병합되어 오키나와현으로 전락했다. 이후의 역사는 우리도 잘 알고 있는 대로다. 일본은 제국주의를 앞세워 타이완과 조선을 강제 병합했고, 급기야 중국을 침략하더니, 1941년 하와이의 진주만을 기습해 태평양전쟁을 일으켰다. 태평양전쟁 초기 일본의 전과는 눈부셨다. 1941년 12월 7일 진주만을 기습하고 한 달도 지나지 않아 12월 25일 영국령 홍콩을 점령했고, 1942년 2월에는 싱가포르를 점령하며 영국 등 연합군 병사 13만 명을 포로로 거두었다. 이후 전황은 급변했다. 압도적인 공업 생산력을 갖춘 미국이 전쟁에 전면 개입하면서 1942년 중반 산호해와 미드웨이해협에서 일본 해군은 괴멸적인 타격을 입었다.

시간이 갈수록 일본의 패배는 명확해졌지만, 일본은 항복이 아니라 협상을 통해 종전을 이끌어내려고 했다. 일본군 대본영은 오키나와를 방패로 삼아 연합군을 저지하고 막대한 사상자를 발생시켜 휴전 협상에서 유리한 자리를 차지하겠다는 전략을 세웠다.

1945년 6월, 미군이 오키나와에 상륙하면서 2차 세계대전 기간에 일본 영토에서 벌어진 유일한 지상전이 시작되었다. 방어에 나선 일본군은 공공연히 오키나와 원주민을 방패로 삼았고, 고작 두 달 만에 전체 주민의 3분의 1이 사망했다.

집단 자살 사건은 이 시기 발생했다. 일본군은 미군에게 포로로 잡히면 여자는 집단 성폭행을 당한 뒤 살해되고 남자는 산 채로 탱크에 깔려 죽는다고 선전했다. 일본군의 패전이 확실한 상황에서 오키나와 주민들은 천연 동굴을 방공호 삼아 갇혀 있었는데, 서로가 서로를 죽이는 식으로 집단 자살을 한 사례가 많다.

오키나와는 독립국에서 일본의 반식민지가 되었고 나중에는 일본에 편입되며 일본인이 되라는 강요를 받았지만, 전쟁은 자신들이 일본인이 아니라는 자각을 일깨웠다.

집단 자살은 일본과 미국 양쪽에 낀 오키나와 주민에게 닥친 끔찍한 비극이자 일본군에 강요당한 죽음이었지만, 본토인이 보기에는 천황을 위해 용감하게 옥쇄를 감행한 야마토

다마시이大和魂의 모범이었다.

오키나와에서는 많은 집이 4월과 6월 사이에 제사를 지낸다. 제사가 이 시기에 집중된 까닭은 1945년 4~6월에 있었던 오키나와 전투 때문이다. 한마디로 오키나와에서는 모두가 전쟁의 유족이다. 죽음도 억울한데 그 죽음조차 누군가에게 미화되고 이용된다는 건 오키나와 사람들에게는 참을 수 없는 일이다.


## 평화의 시간은 더디게 다가온다

2007년 일본 문부성은 교과서 출판사에 오키나와에서 벌어진 집단 자살을 서술할 때 '일본군의 명령', '일본군에 의한 강제' 등의 표현을 삭제 또는 수정하라고 요구했다. 11만 명이 참여한 난조시 집회에서 오키나와 사람들은 집단 자살에 일본군이 관여한 것은 명백한 사실로, 교과서가 해당 사안을 삭제하고 수정한다면 수많은 생존자의 증언을 왜곡하고 부정하는 것이라고 항의했다.

오키나와를 여행하다 보면 평화와 반전이라는 단어를 어렵지 않게 접할 수 있다. 오키나와 최대의 도시인 나하에서 가장 유명한 번화가 이름이 국제 거리인데, 이 거리는 평화 거리로 이어진다. 두 거리의 이름을 합치면 국제 평화다. 그러나 오키나와에 절실한 평화는, 그리고 오키나와 사람들의 염원인 미군기지로부터 자유로운 오키나와는 여전히 요원하다.

작은 섬 자마미의 사람들까지 모두 한마음으로 원하고 있

지만 헤노코 미군기지 이전 문제는 이 글을 쓰는 지금도 평행선을 달리고 있다. 마을 주민들이 천막을 치고 집회를 시작한 지 올해로 13년째다. 천막 농성은 5,500일이 넘도록 계속되고 있다.

## 28

지금은 오지 않는 게 좋겠어요

## 어느 당돌한 가게

오키나와는 태풍이 잦은 섬이다. 가만히 눈을 감고 여름철 한국으로 오는 태풍의 진로를 알려주던 일기예보를 떠올려보자. 화면 속에서 태풍은 항상 오키나와 남서쪽이나 남동쪽 어디쯤에서 발생한다. 오키나와를 거친 태풍은 방향을 왼쪽으로 틀어 중국으로 갈 수도 있고, 오른쪽으로 틀어 일본으로 갈 수도 있으며, 곧장 직진해 한국으로 향할 수도 있다. 그 종착지가 어디든 태풍은 일단 오키나와를 거친다.

　잦은 태풍 탓에 오키나와엔 한국처럼 건물에 붙여놓은 간판이 없다. 대신 상호를 건물 벽에 페인트로 써놓거나 펄럭이는 깃발을 달아 간판을 대신한다. 강한 바람에 건물 외장재가 날아갈지도 모르니 타일 같은 외부 장식도 달지 않는다. 요즘 한국에서 유행하는 노출 콘크리트가 오키나와에서는 한참 전부터 표준이었다.

나는 오키나와 취재를 주로 9~10월에 간다. 가장 큰 이유는 성수기가 9월 중순쯤 끝나기 때문이다. 해변 휴양지가 많은 도시라 성수기에는 방값이 요동을 친다. 그러다 9월 중순이 되면 하늘 높은 줄 모르고 치솟던 방값이 뚝 떨어진다. 성수기가 지나더라도 기후가 따뜻한 지역이라 10월 말까지 해수욕이 가능하다. 즉 취재에 지장이 없다는 얘기다.

문제는 태풍인데, 오키나와는 11월까지 태풍을 걱정해야 한다. 태풍이 발생하는 지점에서 가까운 탓에 어떤 때는 태풍이 발생한 지 하루 만에 오키나와를 덮쳤다가 바로 다음 날 빠져나가는 소동이 벌어지기도 한다. 한국처럼 태풍의 경로를 예상하고 대비할 여유가 없어서 배편이 갑자기 취소되는 일이 부지기수다. 여기에 일본 특유의 안전에 대한 확고한 원칙이 작동하기 때문에 한국에서는 괜찮을 것 같은 날씨인데도 배가 뜨지 않는 날이 많다.

2016년의 경험이다. 그때 나는 케라마제도를 취재하려고 벼르고 있었다. 9월 12일에 오키나와에 도착하자마자 케라마제도의 자마미로 이동해 2박 3일간 취재를 하고 옆 섬인 도카시키渡嘉敷로 갔다.

9월 15일. 태풍이 올 거라는 소식을 자마미에서 도카시키로 가는 조그만 배에서 들었다. 다행히 이번에는 섬에서 꽤 멀리 떨어진 지점에서 발생한 태풍이라 취재는 괜찮을 것 같았다. 그런데 웬걸? 예약해둔 민박집에 도착해 체크인을 하고 마을을 한 바퀴 돌고 있는데 민박집 주인에게서 긴급 호출이 왔다.

"곧 태풍이 온대! 이미 체크인했지만 전부 환불해줄 테니 오후 배로 나가."

나는 그 말을 듣고 당황했다. 2년 만에 벼르고 온 섬인데, 지금 쫓겨나면 언제 다시 올 수 있을지 몰랐다.

"태풍은 아직 멀리 있잖아? 일기예보에서 오키나와에 직접적인 영향을 미치는 건 언제부터래?"

"나흘 뒤."

뭐라고? 나흘이라고? 그럼 최소한 이틀은 더 있어도 되는 게 아닌가. 나는 민박집 주인장과 타협을 시도했다.

"그럼 이틀만 묵고 가면 안 될까? 아니면 최소한 하루라도. 중요한 취재를 해야 해서 2년 만에 왔거든. 페리는 파고가 4미터를 넘어야 운행을 멈추는데, 일기예보를 보니까 내일 파고는 최대 2.2미터래. 이 정도면 여유 있잖아."

그는 입을 꽉 다문 채 아무런 대답도 하지 않았다. 취재도 취재지만 이대로 나가면 나하에 다시 방을 잡아야 하는데, 당일 숙박 예약은 꽤 성가시고 선택 폭도 좁다. 주인장에게 다시 물었다.

"만약에 내일 나간다면, 배가 못 뜰 확률이 얼마나 될까?"

그는 잠시 더 생각하더니 무겁게 입을 뗐다.

"음…. 한 20퍼센트쯤?"

"응? 그럼 80퍼센트는 배가 뜬다는 이야기잖아?"

하지만 주인장의 생각은 달랐다. 혹시라도 기상이 악화되어서 섬에 묶인다면 아무리 빨라도 19일까지는 꼼짝할 수 없게 될 거라며 걱정했다. 이상했다. 내가 섬에 발이 묶여서 민박집에 계속 묵으면 주인은 숙박비에 식비까지 더 받을 수 있으니 좋은 일이 아닌가? 여기까지 이야기하고 우리는 대화를 멈췄다. 주인은 잠깐 생각을 하고 오겠다고 했다. 오후에 섬을 나가는 배가 출발하기까지 세 시간쯤 남아 있었다.


## 안전을 대하는 방식의 차이

기분이 묘했다. 몇 년 전 제주에서 비슷한 경험을 한 적이 있다. 그때는 이틀 뒤 태풍이 제주로 올 확률이 반반이었다. 바람이 꽤 거세졌고 파도도 높았지만 제주 민박집 주인은 내게 걱정할 필요 없다고 했다.

여행자는 객관적으로 판단하기 보다는 현지인의 말에 귀를 기울이는 경향이 있다. 어렵게 온 여행을 망치긴 싫고, 현지인은 경험이 많을 테니 일기예보 이상의 어떤 직관이 있을 거라고 믿는, 이를테면 썩은 동아줄일지언정 언제든 잡을 준비가 되어 있는 게 여행자다. 나는 제주에서 나가려 했고 민박 주인은 그런 나를 붙잡았다. 여행이 직업이면서 왜 이렇게 겁이 많으냐는 핀잔도 들었는데, 사실 내가 큰 사고 없이 여행을 다닐 수 있었던 가장 큰 이유는 성격이 소심하기 때문이다.

일례로 오토바이 운전을 봐도 그렇다. 한국에서 나는 소심하게 방어 운전을 하는 편이지만, 일본 기준으로는 꽤 과격한 축에 속한다. 마찬가지로 나는 한국에서 여행 안전 정보에 늘 귀를 기울이는 편이지만, 오키나와에서 비슷한 상황을 맞닥뜨리니 안전에 둔감한 사람이 되었다.

아무리 그래도 그렇지! 20퍼센트의 확률 때문에 손님을 내보내겠다는 말은 이해하기 힘들었다. 오후 두 시가 되자 섬의 주민센터에서 방송을 하기 시작했다. 태풍이 오고 있으니 여행자들은 섬을 나가라고…. 관광으로 먹고사는 섬에서 고작 20퍼센트, 그것도 나흘 후에 올지 안 올지 모르는 태풍 때문에 여행객을 내보내는 걸 어떻게 이해해야 할까?

주인장과 옥신각신한 끝에 딱 하루만 묵기로 했다. 나는 계속 태풍이 와서 19일까지 발이 묶여도 괜찮다고, 한국으로 돌아가는 비행기는 23일에 탄다고 호기를 부렸지만 그에게는 통하지 않았다.

단 하루를 허락받은 나는 작은 섬을 사방으로 뛰어다녔다. 태풍이 올지도 모른다는 소식에 오토바이 대여점도 모두 문을 닫은 상황. 할 수 없이 산 너머 도카시쿠渡嘉志久 해변까지 도보로 이동했다. 하루쯤은 놀면서 천천히 풍경을 구경하려던 계획은 1박 2일간의 숨가쁜 팩트 체크 레이스로 바뀌었다.


### 안전에 비용을 지불하지 않는 사회

9월이지만 아직은 선크림을 바르지 않으면 살이 익는 더위. 헉헉거리며 산을 오르는데 문득 2002년 인도-파키스탄 분쟁 때가 떠올랐다. 그때 언론은 핵전쟁 위기까지 거론했다. 인도 가이드북을 쓰고 있던 나는 인터넷의 여행 커뮤니티에 인도에 가지 말라는 글을 썼다. 그런데 인도 전문 여행사가 내 글에 가장 크게 반대하고 나섰다. 위험을 과장한다는 비난이었다. 미국 대사관에서 자국민 소개 조치를 취하고 영국과 호주가 뒤를 따르는데도 그 여행사는 여행객을 인도로 계속 보냈고 게시판에 인도 여행이 안전하다는 글을 올렸다. 거기에서 나는 유언비어 유포자로 지목되었다.

일촉즉발까지 갔던 두 나라 사이를 러시아의 푸틴Vladimir Putin 대통령과 미국의 아미티지Richard Armitage 국무장관 등이 나서서 중재한 끝에 위기는 일단락되었다. 그 와중에 주요 국가가 주재원은 물론 영사관 직원까지 모두 철수시킨 마당에 여행객을 인도로 보낸 여행사의 행태도 대중의 기억에서 지워졌다.

여행에서 안전에 관한 정보는 때로는 생명이 걸린 매우 중요한 요소다. 당연히 여행사의 수입보다 여행자의 안전이 중요하지만 한국에서는 반대일 때가 더 많다. 지금도 가끔 도카시키에서 보낸 하루를 생각한다. 세월호 침몰 사건이 난 지 얼마 지나지 않았을 때여서 그 기억이 더 강렬하게 남아 있다.

전쟁이 일어나기 직전에도, 강력한 쓰나미가 인도 동해안을 덮쳤을 때도 "지금은 인도로 갈 수 없습니다"라고 말하는 여행사가 없었다. 책임이 가벼운 사회에서는 생명과 안전이 돈벌이 앞에 서지 못한다.

우리는 그렇게 살아왔다.

한 해에 해외로 나가는 한국인의 수가 1,000만을 헤아리는 시대다. 여행은 더 이상 특별한 행사가 아니라 일상이다.

최초로 나무 아래로 내려가 두 발로 걸을 용기를 낸 어느 유인원 덕분에 인류의 영역은 점점 확장되었다. 마을에서 도시로, 국가로. 인간의 역사는 우리를 가둔 경계 밖으로 발걸음을 내딛는 과정에서 만들어졌다. 인류는 오랫동안 나와 다른 얼굴에 다른 피부색을 가진, 나와 다른 언어를 말하는 낯선 집단을 정복하고 지배하며 살았다. 그 길고 긴 역사의 터널을 건너온 끝에 이제야 겨우 낯선 이들과 어울려 함께 살아야 한다는 사실을 깨달았다.

누군가와 함께 산다는 것은 그들이 우리와 다른 역사의 길을 걸어왔다는 사실을 알고, 이해할 때 가능한 일이다.

이 책에서 나는 여러 나라에 대해서 아는 체했지만, 당신이 나의 이야기에 귀를 기울였다면 이 모든 이야기가 결국 당신과 내가 사는 이야기와 별로 다르지 않다는 것을 눈치챘을 것이다. 20년 전 실연의 슬픔을 뒤로하고 인도로 떠난 24살의 내가 그동안 세상 이곳저곳에서 배운 건 이게 전부다.

마지막으로, 이런 당부를 하고 싶다. 우리는 한국 밖 어딘가에서 우리 사회의 모든 단점을 넘어서는 이상향을 찾으려는 경향이 있다. 누군가에겐 그게 사회주의 국가였고, 또 누군가에겐 북유럽이었으며, 다른 누군가에겐 싱가포르나 부탄이었다. 그러나 천국이나 이상향 따위는 없었다. 모든 나라의 백성과 시민은 자신들이 지난 시대와 싸워 쟁취한 만큼의 국가에서 살고 있다. 그 어느 곳에도 스스로 얻어낸 것보다 더 큰 자유와 기회를 주는 나라는 없다. 만약 당신이 지금 여기에는 없는 유토피아를 다른 어딘가에서 발견했다고 느낀다면 그곳의 현재에 머물지 말고 더 깊이, 그리고 더 멀리까지 들여다보라고 말해주고 싶다. 시선이 닿은 그곳이 당신의 일상을 다시 시작하는 출발점이 될 것이다.

이제 여행이 끝났다. 일상으로 돌아갈 차례다. 당신이 여행을 시작한 이유, 그건 바로 이 순간을 위해서다.

안 쓰던 글을 쓰려니 힘들었다.

# 환타지 없는 여행

2019년 7월 24일 1판 1쇄
2020년 5월 22일 1판 2쇄

지은이      전명윤

편집        이진 이창연
디자인      홍경민
제작        박흥기
마케팅      이병규 양현범 이장열
홍보        조민희 강효원

인쇄        코리아피앤피
제책        J&D바인텍

펴낸이      강맑실
펴낸곳      (주)사계절출판사
등록        제406-2003-034호
주소        (우)10881 경기도 파주시 회동길 252
전화        031-955-8588, 8558
전송        마케팅부 031-955-8595 편집부 031-955-8596
홈페이지    www.sakyejul.net
전자우편    skj@sakyejul.com
블로그      skjmail.blog.me
페이스북    facebook.com/sakyejul
트위터      twitter.com/sakyejul

값은 뒤표지에 적혀 있습니다. 잘못 만든 책은 서점에서 바꾸어 드립니다.
사계절출판사는 성장의 의미를 생각합니다.
사계절출판사는 독자 여러분의 의견에 늘 귀기울이고 있습니다.
이 책은 저작권법에 따라 보호받는 저작물이므로 무단전재와 무단복제를 금합니다.

ISBN 979-11-6094-492-1 03810

이 도서의 국립중앙도서관 출판예정도서목록(CIP)은
서지정보유통지원시스템 홈페이지(http://seoji.nl.go.kr)와
국가자료공동목록시스템(http://www.nl.go.kr/kolisnet)에서 이용하실 수 있습니다.
(CIP제어번호: CIP2019026050)